鹿鸣心理

寻猫启事

The Secrets of Lost Cats

〔美〕南茜·戴维森 著
(Nancy Davidson)

王雨璐 译

重庆大学出版社

引言

在电话亭、邮箱，以及本地的超市公告栏上，我们都见过这样的张贴："寻猫启事，重金酬谢，你看见过乔伊吗？"透过告示，我们甚至可以感受到主人心碎的呼唤，以及"乔伊"毛茸茸、喵喵直叫的模样。在照片里，他刚从睡梦中醒来，四爪朝天，露出软绵绵的肚皮，肆无忌惮地躺在客厅的地毯上。这样的情形不免让人郁闷，乔伊究竟去哪里了？是在捉迷藏，还是远走他乡？疾病与伤痛会不会找上他？

寻猫启事讲述了一个故事的开端，但也仅仅是开始。很多人，至少喜爱动物以及谜题的人都想知悉更多，我们想把故事空白的部分填满。到底发生了什么事？乔伊怎么凭空消失了？我们还能看到一个幸福的结尾吗？比如，心急如焚的主人终于找回了走失的猫。这样的问题很少会有答案，如果有，我们在这出戏中的作用是显而易见的。走投无路的主人凭借着成百上千的义务巡逻人寻找猫咪，从电话线的另一头收集蛛丝马迹。就这样，我们成了救援团队的一员，干起了侦探的活儿。

印上走失猫咪的海报，就像一份关心他人挚爱的邀请函。因为一个陌生人的宝贝不见了，我们被排得满满当当的日程也发生了变化。

作为一个撰写过寻猫启事的人，我当然清楚主人恨不得把一切都写在上面的心情，在我的猫"查克"走丢以后，我也专门写过一份。我找遍了所有的地方，学校的操场、主街外的小路、停车场，甚至垃圾箱，哪里也没有我橘色的虎斑猫，我开始感到绝望。那天夜里，无星无月，我漫无目的地走在邻居的后院，意外触发了报警器，照明灯的光线射得我睁不开眼，恍惚间，看着怒气腾腾的屋主正朝这边赶。

"我只是在找我的猫，我发誓！"我连忙解释道。

那个时候我住在新天堂市，位于康涅狄格州的一个小地方，这里充斥着19世纪的老房子，剩余的部分，则由耶鲁大学的新校区填满。作为一个心理咨询师，我在家里工作，这里头自然少不了查克，这个长着橘色斑纹的伙伴陪着我度过了大半时光。他时常出门狩猎，一去就是好几个小时，但我能估算时间，多半就是深夜时分的谈话秀，要不就在之后的广告时段回来。在某个夜晚过后，他再也没出现过，连早餐时间也错过了，这把我们给吓坏了。

"他很快就会回家的，"我对自己说，"窜进屋子，然后扬扬得意地塞给我一只老鼠。"

当夜幕低垂时，我站在后院的灯光里，意识到这一天就这么荒废掉了。然而直至午夜，我仍旧坐在走廊上，望着一旁的小路，妄想着这样安静、耐心，以及坚持不懈的凝视能起点作用。很可惜，直至我回房休息，我依旧被困扰着，焦急地等待着来自查克的信号——他会用爪子敲击卧室的窗户。

我开始指责自己，或许是我给予查克太多自由了，又或许是我的爱还不足以挽留他，他另寻高就了？我的理智很快否决了这点：他哪能找到什么更好的归宿？我喂的是货真价实的长鳍金枪鱼！

第二天清晨我必须接受事实，查克失踪了。如果他是人类，这事已经可以到警察局立案了。我深吸了一口气，无数的念头闪动，不愿接受事实，不想感受这份绝望，该从何处开始寻找，以及……我还能见到我的宝贝男孩吗？

这种失落感在进一步扩大，它唤醒了过去的回忆，那些曾经拥有的挚爱之物在记忆的殿堂里浮现。我不愿重温这种失去带来的疼痛，我得重振旗鼓，我要找回查克。

这一次我还有机会，或许还能找回我的挚爱——查克很聪明，他只走丢了一天，还有很大的概率能找到他。我冲回办公室，下载了几个寻猫启事的样本，却不知道用哪个词更好。"救命"总结了我全部的需要，但显然不够清晰。"我很混乱"会更加精确，但又不那么直接。我有些沮丧，但试图让一切更快些，查克失踪那会儿，智能手机和数码照片尚不普及。为了更加快捷，我画出了他的模样，并添上微笑，他向来是只快乐的猫。我尝试着写出标题，在注明"失踪的猫"以及"最后看见"等字样后，我终于意识到浅显易懂的现状——我和查克一起迷失了方向。

我带着一叠海报走上街，当我开始张贴它们时，人们就会停下慰问几句。"希望你找到你的猫咪。"一位女士说。"祝你好运，"一对情侣祝福道，"你会找到他的。"贴完二十张海报后，我回到家，瘫坐在电话旁的椅子里，期待着全世界，或者某位神明拨通号码。过了一个小时，我又去了街道转悠，焦急地行动总比等待更勇敢些。

第二天，在我外出寻找的时段，一位年轻的先生来电并留下了一段语音信息。

"两天前，我和妻子见过一只橘色虎斑猫，就在联邦路旁的波兰教堂花园里。我没法走得更近了，他看上去既凶又野蛮。希望这条信息对你有用，祝你好运。"

这有用吗？让我们想想吧，四十八小时前他们看见一只疯狂的橘色猫，午夜时分在神与恶魔的花园里徘徊。老实说，这不是我想听到的消息，尤其连回拨号码都没有。以防万一，我还是赶去了教堂的林荫道，担心我那只会用鼻子打招呼的乖巧小猫已经变成了一只墓园吸血猫。搜索教堂墓地时，我停下脚步，望着眼前3米高的雕塑，那个信徒茫然无措，正探手等待着圣人的帮助。我毫无缘由地想道："查克早就皈依佛教了，他不在这儿。"

回家的路上，我想起其他失主来，他们还能如我这般自嘲吗？他们是什么时候放弃寻找的？我无疑是幸运的，作为一名独立的心理咨询师，可以自由调整时间表，但是那些按部就班的人呢？比起找猫，他们只能陷在工作里，他们的亲朋好友会伸出援手吗？

他们会接到多少个慰问的电话？比如说我，大概收到十五个——陌生人，以及感同身受的猫主人，尽管他们没有任何信息可提供，却还是想祝我好运。但每一次，当我按下回拨按钮时，我总觉得一定会得到查克的消息。

当我回到家后，感觉房子冷清得好似空无一物，眼泪终于止不住了，我没法将注意力放到那些猫主人身上了，我得找回我的猫。

寻找查克改变了我过往的生活轨迹，我开始关注每一份寻猫启事，每一个地方都有它们的影子——我的住宅、我办公室外的街道、整个国家，甚至欧洲，它们无处不在。它们被张贴在路灯、当地日报、邮局以及车站的墙壁上。有一份甚至正对着我起居室的窗户，就钉在窗外的树干上。

我在这些告示前徘徊，研究起它们的构成，绝大部分人和我一样仓皇无措，但也有让我会心一笑的。有一张小奶猫的照片，镜头恰好捕捉到猫妈妈为他顺毛打扮的情景。还有人画了一只黑猫的卡通画，上面只写了五个字："我们都爱他。"我还发现了一对双胞胎，两兄弟的眼睛旁都有对称的深色斑点，名字取得也很对仗，一个是《独行侠》中的牛仔，另一个是他好搭档印第安人唐托。

有一天，我被一张告示所吸引，上面是只名叫"莉莉"的红色阿尔吉尼亚猫，我将它带回家，情不自禁地复印了一份存档。自那以后，我开始有意识地收集寻猫启事，如果同一处有重复的，我就带走一份；如果同一处只有一张，我就带去复印店扫描，将原件贴回原处。一部分原因是上面有不错的即兴绘画，更让我好奇的是它们所携带的信息。标明了猫的毛色和性格，家庭地址当然是必有的，但猫的生日，这能起什么作用？寄送生日贺卡吗？

最后我明白了，不论是哪一位猫主人，不论他们是有意还是无意，他们都觉得有义务讲出一个故事。

全家人的心都碎了……

主人绝望了……

猫咪需要治疗……

其他猫也很想他……

有些照片像是直接从家庭相册里拿出来的，可以看见背景里年幼的孩子、厨房的灶台。还有一些是匆忙间拼凑的，只有几行字。还有的告示精美得像艺术品，画工详尽，栩栩如生。少数几张甚至读起来像诗歌一样押韵。

渐渐地，我收集寻猫启事的目的转移了，我想了解这些猫，更想知道哪些猫被彻底遗忘了。寻猫启事成了贴近这些失主的捷径，我有他们的电话号码，了解切入点，更拥有完全相同的伤心处。我打算拨通号码，介绍我自己，在表达慰问后咨询几个问题。

"非常感谢。"我准备这么开头，告诉他们我叫南茜·道尔，同时附带上我的专长：寻猫侦探，或者采用更确切的描述，一个寻猫启事的追踪人。

但在拨第一通电话前，南茜·道尔就已经摇摆不定了——我最不想做的事，就是给予别人不切实际的希望。如果猫主人觉得被打扰了，我又该怎么办？最终，我还是拨打了莉莉主人的号码，一位年轻女士的声音传来，我简单开场，然后说道："我是一位爱猫人，想写一个关于走失猫咪以及找回他们的故事，不知道你……"

她打断了我的话，迫不及待地开口："噢，这是一个很奇怪的故事……"

在最初的那段宁静日子里，我撰写的东西简单极了，大部分故事显得有些滑稽，再凝重的故事也有属于它们的明快时刻。随着越来越多的记录，一些故事变得复杂起来，悲观主义开始蔓延，这些失主更像被困在了俄罗斯转盘里，期盼着无法继续的线索，毫无依据的直觉能够成为他们孤注一掷的骰子——没有一个侦探能在这种情况戴稳他的猎鹿帽。

我意识到猫可以毫无缘由地消失，亦可能早有预谋地离开。很多因素会影响到猫主人的搜索工作，动物的天性、个体的差异、偶然的变化都会让失主们改变计划，从什么时候开始，从哪里开始，持续多久……我的好奇心不断膨胀着。猫主人往往承受着长时间的压力作出抉择。

他们该选择冒险还是保持警觉？"我去过一个毒贩交易的片区。"

他们要冷静还是更主动些？"我太开心了，一看见我的猫就飞奔了过去，但是她被吓得不轻，转身就跳进树林了。"

与猫主人的谈话同病人谈话并没有太大差别。我从不以心理治疗师自称，但仍有不少人向我寻求建议，我常常哑口无言。

"你相信梦想吗？"一些通话者怀疑我在从事某种公益性的心理治疗，我不知道该怎么回答。作为心理医生我当然清楚，展开一段走失猫咪（即使是找回的）的对话，本质而言，是场关于自控力的讨论，但我无法将这一点明说。

"我不知道该给女儿找一只新的小猫，还是等待'莉莉'回家。"

"就算那一丁点线索早已说明那不是你的猫，你又怎么能安心工作，不去试试可能的机会？"

"如果我放弃寻找，那就是承认他的死亡。"

"除了我，没人在乎。"

寻找一只走失猫咪的过程可以与心理学中的"奥德赛"相提并论。"奥德赛"是指一种饱受干扰、无路可退的沮丧心理。为了让生活回到正轨，首先要做的，就是相信自己。在旅程结束后往回看，整个世界，甚至是我们自己都将焕然一新。

或许，我们会发现另一种形式的喜剧结尾——猫主人失去了猫，但是得到了左邻右舍的友谊。在我的职业生涯里，也有着类似的例子，一名病人深陷丧父之痛，是父亲的朋友帮助他走出了阴影，当然，他们最终成了新朋友。

在过去的七年，我的好奇心指引着我，踏上一次前所未有的旅途。就像史诗英雄会察觉到自己的不足和阴暗面，我也在谱写着自己的诗篇。在这场"奥德赛"结束时，我能感受到自己的改变，作为一个猫主人、一个家庭成员、一个心理咨询师的全方位的变化。里尔克有一句话是这样的："对所有悬而未决的事保持耐心，并试着喜欢问题本身。"我想，这就是支撑着我的原动力。

这个问题一直困扰着大部分人，不分动物爱好者，不论有意无意，我们时常会遇到它。在意它的人甚至会被激怒，即使将之放任一旁，现实仍旧等待着我们回答。它缠绕在人们身后，蛰伏在每个人的意识里，从未消散。即使在心理治疗中，它也是一个挥之不去的影子。

为你所爱，你能付出多少？

我们中的一些人，从制作寻猫启事开始。

目 录
Contents

001   第一只猫   查克

011   第二只猫   艾克尔斯

021   第三只猫   软蛋

031   第四只猫   蒙大拿的麦迪

046   第五只猫   尼可

058   第六只猫   托丽

069   第七只猫   谢尔比

083   第八只猫   猫咪

091   第九只猫   雪梨

102   第十只猫   酷猫水果软糖

111   第十一只猫   危险和凯蒂

123   第十二只猫   温哥华的乔

131   第十三只猫   百老汇的露西

139   第十四只猫   老猫和马芬

147   第十五只猫   查克的续集

156   第十六只猫   玛丽

167   第十七只猫   贝利

181   第十八只猫   阿姆斯特丹的山姆

188   第十九只猫   榨汁机

194   第二十只猫   史努比

204   后记

206   猫走失的时候你应该怎么做

209   发现一只猫时你应该怎么做？

LOST
CAT
8/28/
87 State St.
LOST
ZAK
- sweet
- will follow you
- "acts hungry"
555-8778
- friendly
- no collar
- male

第一只猫　查克

查克失踪五天以后，我对它的行迹一无所知，许多人来电祝我好运，但邻里街坊，没有一个人见过查克。即使是每天坐在门廊前的老先生唐尼也没有，他只干一件事，那就是观察街道上来往的行人车辆。就连艾迪也不知道，他有些智力缺陷，和母亲一起住在街对面，人到中年但是性格活泼，以前常让查克坐在自行车篮子里，载着他环游街区。查克很喜欢，坐在前面仿佛掌舵手一般，但只要我看见他俩企图离开街道，就不得不叫停这场花车游行。

我清楚，我最大的希望在于那些在路上走动的陌生人，但到底有多少人看见了我的寻猫启事、我的恳求呢？即使看见了，谁又能发现我的猫呢？这个概率有多大，我心里也没底，但我要给查克最多的机会。所以我尽可能地，让每一天的寻猫路线都有所不同，带上启事和钉枪，我让查克英俊的大头照覆盖了一个又一个街道。不论是左边，还是右边的道路，我都没有漏下，我不会放过任何机会。

我很快发现，心理专业有助于搜索猫咪，即我能考虑到人们的活动范围。不管有无意识，我们都有自己的感性地图。我们会偏爱这一家商场，我们只会到同一间店买咖啡，我们不喜欢红绿灯，只选择直走越过这个街区。原理很简单，有些地方就是让人感觉更舒服。对动物而言也是一样的。在寻找查克的路上我忍不住地想，如果他一定要走丢，至少也要待在环境宜人的街道。这听上去有些疯狂，但我希望查克舒舒服服的，在一条友善的路上他不会感到孤单。

是的，我将查克拟人化了，同时赋予了人类才有的内心世界。我当然清楚一只猫的生存需求和人类的天差地别，但这不能停止我的忧虑。我甚至希望通过心电感应给查克发条信息，至少让他清楚我在疯狂地寻找他。

五天后，我遭到了最大的变故——雨水，这是最明显的威胁。除了纸质的启事会被毁于一旦，我更担心查克会着凉受冻。那天早上雨不停地下，我前往每一个电话亭，查探启事的状态。有一些原封不动，有一些只剩订书钉在那儿摇摆，还有几张损毁得厉害，被水浸湿，有一张甚至就像一幅印象派画作。

我得重新展开工作了，雨过天晴意味着人们很快就会出来，行走于道路两边，或许会驻足阅读我的启事——一张大写紧急求救信号的橘色猫蜡笔画。

什么也没用，时钟滴答滴答地走，白天与黑夜的界限消失了，绝望将我吞噬。在他失踪五天后，我让步了，拿起了电话。

"你好，愿意寻找走失的宠物吗？我可以聘用你，我的猫失踪了。"

一阵寂静后，我听见打火机的点火声，以及吞吐香烟时的漫长吸气声。一个年老的女人用沙哑、刺耳的声音开口了，我猜测她是那种将杜松子酒当饮料喝的人。

"他还活着！"她吐了一口烟，说道。

我的梦魇就此结束了？

"这是真的吗？真的？你怎么知道？"一瞬间，我如释重负，但我并不准备完全相信这个说辞，我有我的怀疑。

"他很漂亮，是只很大的猫……橘色，"她又吸了口烟，"有很蓬松的大尾巴。"

她是如何得知猫的毛色的？她怎么会知道查克很英俊？一股自豪感油然而生，查克还活着并且状态很好。

"他已经走丢五天了。"我说。

"有一个邻居的孩子，"（吸烟声）然后她继续说道，"一个年幼的男孩，他清楚。"

我心中一沉，连忙说道："隔壁家的生面孔，但是他们出门了，这些天没人见过他们。"

"很友善，还很英俊。"

"是的，那就是小查克，那个男孩有对他做什么吗？"

"小男孩自己才知道。"

"还有什么是我要知道的？"

"只有男孩清楚。"她又吐了一口烟。

"好吧，好吧，我该怎么报答你呢？"

"什么也不用。"

电话被挂断了。

在拨出电话前，我就整理过思绪。我的桌上摆放着查克的启事，上面摆放着一张灵媒的名片。我不知道这个决定属于理智还是精神失常，理智意味着我还能独立思考，精神失常表明我已经绝望到相信魔法了。我不在乎骗局，并不是我无法批判性思考，而是对方给出了一种可能性——我的病人给我的线索。

查克成为我的理疗搭档已经十年了，在一开始，我并没有鼓励他进入会客室，他是自己选择的。当他还是一只小猫的时候，我尽可能地陪着他，但当我工作时，我关上了办公室的门。这样做的效果堪忧，他会在客厅漫步，坐在门外大声喵呜，有时，我会看见小小的爪子从大门的缝隙里钻过来，但我从未停止会诊，因为他很快就会睡过去。直到有一天，在例行询问后，我的病人忍俊不禁，我跟随着她的目光，看见两个小巧的橘色毛球，整齐地排列在门缝下面，一动不动。很显然，查克又一次睡着了，我能够想象他此刻的模样，头埋在两爪间，橘色的耳朵一颤一颤的。

"能放他进来吗？"我的病人问。

他是一只绝佳的治疗猫，即使是最讨厌猫的孤僻者也会夸赞他很酷。他们尤其欣赏查克护送他们前来的方式——首先，查克会跳到引擎盖上，趴在雨刮器前面，用他黄色的眼睛注视着来客。他会等待病人从驾驶位上出来，耐心地引路，直到他们爬上楼梯走进我的办公室。然后他们会一起坐下——病人坐在我的沙发上，而查克坐在地毯上。一部分内向的客人会用查克引出话题，讲述他们童年的宠物如何陪伴自己。有一次，一位女士说她没法给自己的猫剪指甲，我们抱起查克，开展了一场现场教学。她信心十足，觉得可以独立完成下一次考验（许多猫主人都面临相同的考验），并表示再失败一次也没什么大不了的。

还有一次，当谈话即将结束的时候，年轻的女患者抽泣得厉害，以至于被呛到了。查克的耳朵向后耸立着，他发出一声高频率的猫叫，然后跳到她的膝盖上，将整个身体覆在她的腹部。病人的呼吸逐渐缓和，她挠着查克的下巴，一边微笑着说道："他在帮我呢。"

查克失踪以后，每一个病人按预约前来时，都会问上一句："猫去哪里了？"

我尽可能保持冷静，不回答这个问题，只是晃动着手里的寻猫启事，好像这就是我独有的讲述方式。

我的病人里，有一位叫凯特，她建议我向她的灵媒求助。在她的描述中，那是一位帮助她良多的睿智女子，当然，这不属于我们的治疗范畴。我更愿意将凯特的治疗称为一个难题，她总想着避重就轻地过日子，如果她不同意我的建议，就直接去找灵媒寻求第二种解决方案。在她首次提出她的灵媒服务时，我拒绝了，但就在她离去之前，她还是在我的桌上留下了一张卡片。

我需要帮助不假，但仍旧犹豫着，在得知灵媒和我认可同一个真理，即凯特的外遇即将毁掉她的婚姻后，我拨通了电话。

来自灵媒的那句"他还活着"，仍旧是我唯一的线索，我的新邻居被确认是目击者。他们已经离开五天了，查克也刚好失踪了五天，这绝不会是巧合，我的直觉告诉我。我不太喜欢这几位邻居，丈夫仿佛是由类胆固醇堆积而成的，尽管他的肌肉像小山一样隆起，但仍旧没有力气推平宅院里的杂草。他的妻子烟瘾很重，常常冲着孩子们吼叫。甚至他们的儿子也是一个"嫌疑犯"——在他冲动地砍掉我院子里的小树后。

"它太丑了。"他这么对我说。

找回我的猫变得更具挑战性了，现在灵媒给了我线索，我得酝酿一个计划了。查克很可能就藏在邻居的房子里，但我也得等到天黑后闯入。在我的角色设定里，南茜·道尔会让她的密友去望风，所以我打电话给朋友苏珊求助。在她同意后，我就假设她明白我是一个侦探，而她是我的密友，密友的工作就是听从侦探的指示。但当夜幕低垂，星光闪烁时，她变得焦虑起来，为了安全起见，她想致电警察，把我们的计划全盘托出。

"告诉他们什么？"我问，"我们非法闯入民宅？"

当我们正坐在邻居后院的阶梯上争论时，一只长相甜美的黑猫踩着节拍，嗖的一下跳进我怀里，这一定是种预兆，我们的任务是被赐福的。但苏珊致电警方的欲望仍旧没能削减，她打算去拿电话，而我和黑猫就坐在原处，一等就是二十分钟。

最后，苏珊拿着电话回来了，警方的调度员将她放到等待线路，因为这件事得通知上级，等待他们的决定。我不由嘲讽道："警察大概还在找关于即将非法闯入的相关规定，或者他们更希望你挂掉电话，因为他们很难报告一起还没发生的犯罪。"苏珊笑了起来，但她的良知仍在等待电话另一头的回音。

"你在谋杀南茜·道尔的计划，"我咆哮道，"重点是神不知鬼不觉地潜入。"小黑猫一溜就没影了。

又过了几分钟，我的耐心耗尽了。

"等等，"我说，"他们还不知道我们的所在地，对吧？"

苏珊没有回话。

"简直完美！我们即将犯下重罪，你出发前还给了警方我们的地址，留了电话还期待着来自上级的指示。"

就在这时，对方回复了："我们决定破例一回，毕竟你两人非常坦诚。事实上，你们高尚的援救行动值得尊敬，尤其是二位并没有犯罪前科。破坏法律，然后享受美好的一天吧。"

"看吧，他们吓坏了，他们更希望我们什么都不说，而不是通过录音电话告诉他们。我准备进去了，不管你去不去。"

苏珊放下了电话，跟着我走到邻居楼梯的平台上。"你应该放风，"我对她说，"从栏杆这往下看，注意邻居，以及可能的证人的动向，我再补充一个，巡逻警车也有可能。"

我巡视了卧室的窗户，哪一个更容易闯进去呢？我必须进屋……虽然不知道我在期待找到什么。一个瘸子找的烟瘾灵媒，让我有了母亲的力量，那种能够抬起一架钢琴拯救孩子的力量。我呼唤着查克的名字，然后用手电筒照亮滑动玻璃门后的黑暗。我轻摇着门锁，一面将脸贴在玻璃上，但很难得出什么结论。紧接着的某一刻，在一个乌黑房间的角落里……有一个模糊的橘色影子。

是我产生了幻觉，还是某种形式上的幽灵？

"小查克！小查克！"

他离开黑暗，缓缓走进灯光的范围。我蹲下身，掌心贴在玻璃门上，像探监一样盯着我的猫。隔着玻璃，他橘色的身体在我手上摩擦。

"我会救你出去的!"我高声说道。我看见他的嘴巴在动,但隔着障碍物,我什么也听不见。

"我的宝贝,坚持住!"我继续冲着玻璃大叫。

在查克出现的瞬间,苏珊也惊呆了。在令人窒息的八月,他被困在了一座空屋里,没有水喝也没有东西吃。他会不会病了?发现查克在这里,我们很生气,但也充满了动力,然而我们并没把撬门工具纳入计划的一部分。我从战术失误中醒悟过来,收起怒火,用手电敲碎了地下室的窗户。地下室的蜘蛛网让人毛骨悚然,苏珊钻了进去,很快跑到了二楼。然后她抱着查克一路往下,直到那扇破损的窗户前,将他递回我怀里。

我很想说查克舔过我的脸颊,小鸟依人地依偎在我怀里,可惜他只是扭动了一下身子。他似乎很享受新大陆的自由时光,并不喜欢这个让人窒息的拥抱,我只好放手。邻居家的车道没有铺砌,我们仨跌跌绊绊地走着,不管在查克身上发生了什么,我们刚刚把他"解救"了回来。

在我的厨房里,查克享用了一顿吞拿鱼欢迎晚宴,但接下来他踱步到前门,似乎忘记了失踪这几天的经历。苏珊和我跟着查克走到屋外,他在我们腿边磨蹭,然后一起坐在走廊楼梯前。然后我们决心抹去激情犯罪的证据,走到邻居破损的窗户处,擦掉了所有的指纹,警方自始至终没有出现。

苏珊很谨慎,担心那些寻猫启事会让邻居联想到我们的援救,所以把启事也撕了个干净。然后我对她说,那些启事不会把我们送进警察局。"他们又能做什么呢?打电话告诉警察他们绑架的猫失踪了?"

这注定不是故事的终结,邻居一家人最终还是会回来的。在那之前,我需要一点策略和自我分析,所以我给自己来了次心理治疗。

这家人会报复吗？看上去很有可能，但我认为不会。他们酗酒，但是从没有打过孩子或者彼此。他们或许不负责任，不那么成熟，但主要还是我太神经质了，为查克感到愤愤不平。即使没有暴力倾向，我也不想住在他们隔壁。当他们回归时，查克的生活会变成什么样？如果我继续放任他出门，而那个男孩又盯上他怎么办？我清楚我得跟他的家长谈话。

一周后，这家人驶进了自己的车道，我在前院站着，咬紧牙关跟他们打了声招呼。查克恰巧躺在他们家门口，我走过去，建议他回到自家院子里睡，但他显然想炫耀一下自己重获的自由。没有人说重话，实际上他们都很友善。我观察了他们的谈话，试图找出点紧张的迹象，我看着男孩在前院无所事事地徘徊，无意识地嘟哝着大部分是幻想出来的故事情节。当他朝查克走来，一下子失去平衡时，我才意识到他患有运动协调疾病。如果我不那么在意那棵被他砍掉的树，我应该早就发现了——他好动，而且难以集中注意力。他的症状主要体现为多话、冲动、沮丧、注意力不集中，而健忘则是多动症的另一个显著特征。我敢打赌，他带着查克走进屋子，转身就忘干净了。然后父母把门锁上，一家人开开心心地踏上了旅途。

当然，这只是理论，但无疑会是双赢的。查克会很安全，我不需要为邻里关系烦恼，也不用担心那个男孩。

但几天过后，那夜的景象不断回放着，我看见查克被困在窗户后面，而我敲碎了玻璃，一次又一次。万一我从未问过灵媒呢？或许我永远也找不到查克。又或者，我闯入屋子的时间太晚，他已经被锁在里面太久了……那样的话，我一辈子都无法原谅我自己了。我那么爱他，怎么会在意这点风险？我愿意付出代价。

一个月过去了，愤怒和戏剧随风而逝，生活恢复了常态。我走在家附近的林荫道上，驻足和起步成为我的新习惯。电线杆上贴满了各种启事，我一眼瞥过，有摇滚乐队、标签出售、志愿者招募以及计算机援助。当然了，我要找的寻猫启事也在上面。

> 米迪非常警惕，可能会找地方躲藏。
> 蜘蛛侠是一只黑猫，只有三条腿，健康状态很好。
> 一只走丢的猫叫痒痒，还有一个在家的兄弟叫羊羊。

寻找查克的经历让我感触良多，我想将自己获得的帮助传递下去，这些人看见查克的启事后，不约而同地致电安慰。他们中的大部分我都不认识，未来也不可能见面，但就是这些来自陌生人的问候，给了我微小的希望，让我不那么孤单。我们中的许多人都会反反复复地问自己："谁会在乎我，谁能关心我的难题？那些亲朋好友或者陌生人会帮助我吗，还是说他们只会越帮越忙？"当宠物失踪后，我们会感到恐惧，我想给那些猫咪走失的主人一点帮助，即使只能在他们迷雾重重的跋涉中点燃一束篝火。

人们总是格外友善，但惊诧于我的来电："你叫什么名字？再说一次？"

我见过一张黑白涂鸦的寻猫启事，上面的猫有着夸张的大脑门，带斑点的鼻子，以及高高翘起的尾巴，当然了，如果面对面，他会更像一只猫。猫主人，这位年老的意大利男人会的名词比形容词更多。"打雷、爆炸声、闪电以后，她就不见了。"他如此描述自家二十二岁的老猫的走丢过程。"一位住在附近的女士发现了她，就在洗衣店的篮子里。"

我的寻猫启事周围贴满了小纸条，大部分是陌生人留下的，他们的关心让我欣慰万分。后来有一天，我发现了一张画着心形图案的启事，一支箭将它对穿而过。猫主人讲述了一个令人难忘的故事，她决定起航，就像一位忠实的妻子寻找她的船长，沿着楼梯攀上眺望台。无论黎明还是黄昏，瞭望着整个地平线，寻找远方小船的踪迹。她的目光象征着祈祷，以及一个问题：他何时归家？

REWARD

"Eccles" CAT missing since 8/22

Large Gray + White Male

East Rock Park + Vicinty.

He has a shaved underbelly.
May have lost Collar + Name
Tag.

Please Help - Owner is ♡ Broken

(203) 555-8237
(203) 555 1432

第二只猫　艾克尔斯

　　在这幅启事上，"悬赏"两个字抢眼极了，虽然我认为"紧急求助"会更准确。手写的句子，白纸黑字，草草复印，很显然这是一张仓促完成的启事。"艾克尔斯"被放在了句子的开头，然后就是一系列的描述了，主人把什么都写上去了，独独忘记添加一个"猫"字。在初读这份启事时，我甚至不知道艾克尔斯是谁，或者是什么。主人显然没有意识到，公众需要一些基础信息，比如说作为寻猫启事，"艾克尔斯"得指明是只猫。

　　从寻猫启事上看，艾克尔斯的肚子剃过毛，这意味着他近期见过兽医。他在生病后走失了，难怪主人会急匆匆地寻找。两个电话号码被标注在最底下，上面清晰写着几行大字："请帮帮我！"以及"主人的心碎了！"其中，表示心碎用图画了出来，男人们不会这么做，他们的基因本能地拒绝了画一颗爱心，更别提贴在树上公之于众。我不用想也知道，这是一名绝望的年轻女士。

　　"起初，我是在东岩见到他的。"我打电话时，霍莉这么介绍着，她口中的东岩是纽黑文的一座公园，"他没注意到我，而那里的慢跑者叫他洛基，他们觉得这只猫很大，四条腿全是肌肉，而且脾气不好。不过在我看来，他那灰白相间的皮毛好看极了，相当英俊。"

我不禁微笑，坏男孩洛基，那可是公园一霸啊！

"我把水和食物倒进碗里，放在地上就离开了。"霍莉继续说道，"他需要私人空间。"几周后，洛基仍旧我行我素，但只要霍莉与餐盆保持一段距离，他就能忍受她的存在。

"每次见到他，我就收回了手，我不想吓到他。"

当洛基不再对着她嘶吼后，他们的关系更近了一步，尽管尾巴没有放松，但他已经不会因她的来访而弓背了。最后，他的耳朵也回归了原位，他们之间就差对视了。这是关系建立的必然规律，但霍莉想触碰他。当然了，她明白这事不能强求，是洛基主动这么干的。那一天她伸出手，仅仅是这样停留在半空中，他就凑上来反复磨蹭了，霍莉激动得难以自抑。

这是一场远距离的关系，尽管过程很慢，但很显然霍莉是全身心投入的。洛基一开始甚至没有发现她，霍莉一直是付出的那个，而洛基只负责接受。作为心理咨询师，我曾见过这种关系的夫妻。

在过去的二十五年里，我帮助过个人、夫妻以及团体，但我的领域更着重于婚内咨询这一块。出于工作需要，我进行过一些科学研究。比方说，位于华盛顿州的高夫曼协会有能力预测一对夫妻是否会离婚，只要他们参加过心理咨询，这个西雅图的机构就能给出准确率高达百分之九十的预测。精准预测的原因在于咨询时的录像，在疗程结束后，他们会观看无声版的录像带，从中得出双方的肢体语言。

这对夫妻愿意接受对方的意见吗？他们的身体语言是象征和解的放松，还是僵持不动？通过这样的方式，不用听任何的对话，只凭夫妻双方对彼此的反应，研究者们就能给出更准确的判断。当然，语言也能起到一定的作用，当预测两个人的未来发展时，需要他们独自回答几个小问题。其中一个涉及这段关系的开始："你被对方的哪一点吸引？"

我试着在治疗中问这个问题，当双方在场时，他们会非常踊跃地回答。

"他跟我的前夫完全不同。"

"她似乎很感激我的帮助。"

"一开始我不喜欢他，但后来情况不一样了。"

"那时候的她固执己见，但我不在乎。"

当一个人用负面词形容配偶的时候，我就明白情况不妙了。在他们相遇之初，显然有着互相吸引的闪光点，如果这些美好的描述荡然无存，夫妻关系也快走到尽头了。

出现正向回答的场合则截然不同。

"那时候，他风趣潇洒。"

"我对她一见钟情。"

"他总能逗我开心。"

"她很实在，从不敷衍了事。"

在谈话时，这样的夫妻会用眼神交流，时而相视一笑。诚然，女性在行动上会更加积极，但如此正面或负面的描述很能说明婚姻的稳定性。

把专业统计用在洛基身上可能有些不恰当，但我认为这与他的失踪息息相关。如果洛基加入谈话，他大概会说："她到我的地盘来，送吃的，打扫卫生，我凭什么讨厌她？"

随着故事的发展，我逐渐明白过来，就像许多关系开始那样，他们的贴近始于一场危机。流浪猫自由自在，洛基可以四处闲逛、打猎，但当危险来临时，他必须独自面对。东岩公园的小道风景怡人，但又狭窄蜿蜒，是热门的飙车地点。早在几个月前，在霍莉还没有讨好洛基之前，她发现洛基躺在路边一动不动。

"他大概是一场肇事逃逸的受害者，"她说，"我冲回家里，找了一个猫咪外出包，一路开车将他送进医院。兽医没法判定伤口的成因，但他太虚弱了，没法独自过活。"

于是护士霍莉就这么把他带回了家里。

也就是在那时，她重新为他取名。显然，她预留艾克尔斯这个名字很久了，或许这也是洛基期待已久的，在艰难时刻拥有一位主人。这个名字的由来要从年初说起，公共频道推出了一部英格兰中学教授拍摄的自然科学纪录片。其中有一个桥段，为了研究食物链，学生们前往一所农场，就在路上，他们发现一群猫在谷仓里追逐老鼠。其中一只猫显然是天生的猎手，当他一口气逮住两只老鼠的时候，解说员激动地喊道："是艾克尔斯！又是他！"

我安静地倾听着，霍莉笑过后，继续说道："你真该看看那时的景象，初次回家，他离我要多远有多远。"但伤口痊愈后，一切变得不一样了。

"我们在房子里约会，我在看书，而他就坐在我身旁。当我无所事事时，他就去外头玩耍，但最后他总会回家。不知怎么地，他就是清楚什么时候折返。"

我能听出她话中的喜悦，想象出他俩坐在一块的景象，举手投足间充满默契与和谐。整个世界是那么完美，她有一本好书，以及属于她的帅气猫咪的陪伴。艾克尔斯知晓这一点吗？他是她生命中不可或缺的一部分。不论这是不是她的艺术加工，或者是臆想，那都不重要，霍莉只是在向我描述她与艾克尔斯之间的羁绊。

最消沉的日子过去后，艾克尔斯会外出几天，有时几个星期，而霍莉会去宠物救助站晃悠一下，以慰相思之苦。但解决问题还得去东岩公园，那是霍莉第一次张贴寻猫启事的地方，艾克尔斯每一次消失，总有人在看见启事后致电霍莉。就这样，霍莉与艾克尔斯重归于好，而艾克尔斯会在家滞留一段时间。他会以家猫的身份生活，直到他的记忆卡失效，转为最初的出厂设置：流浪猫。

我很能理解艾克尔斯的心情，他有一部分野生动物的天性，但有霍莉在旁，他也相当亲近人。用"逃跑"来形容他的行为显然夸张了一些，"消失"或许更为恰当。在中午时分嬉戏缠绵，打个小小的盹儿，数个钟头过去，他就又不见了。

我也很佩服霍莉的心态，她的生活与不确定捆绑在了一起。她一定神经大条，没有多少人能够忍受随时可能走丢的宠物。当艾克尔斯重新踏进家门，她不会惊喜地大叫，或者欣慰地微笑，她唯一能做的就是将他揽入怀中，反复嘟哝道："猫咪，猫咪，你回家了。"然后期待他不会故态复萌。

霍莉的处境于我并不陌生，但在这个故事里，她只能自救。"女人只爱离开她们的猫。"这是一句调侃的玩笑话，但霍莉和成千上万的动物志愿者并没有什么不同。老实说，就连我也不能幸免——我曾经给一只条纹猫命名，将他称作流浪猫山姆，他陪伴了我两年，来去自如，时不时出门几天。他通常在我二楼窗户的排水沟里打盹儿，仿佛这就是他人生的最远大目标。但我清楚，在这个小小的流浪者眼中，我不过是他旅程中的一节车厢。

如果我们足够诚实，我们就会知道救星在我们的生活中，拯救我们于危难中，教会我们爱与被爱，最后变成我们理想的朋友或者宠物。对流浪猫单方面的喜爱可能是相当脆弱的，霍莉和艾克尔斯的例子展现了这一点。他们能一起生活，多半出自霍莉的希望，以及她义无反顾地寻找艾克尔斯。

在简短的洽谈后，一场疗程基本结束了，我算是明白了霍莉的想法，她跟所有人一样，将挚爱的劣迹渲染得合情合理。

"他人不坏，就是有些急躁。"

"他是真的后悔了。"

"你不像我这样了解他。"

"以前他过得很艰难。"

"她说她正试着去改变。"

"她真的很无助，只是从未展露出来。"

我精通于这类借口，并不仅仅因为几十年的婚姻关系咨询，坦白说，我也这么干了许多年。

霍莉异常地坚持，但艾克尔斯将她的承受力推至极限，她不再那么肯定了，她开始往最坏的方向考虑。和以往的搜索不同，霍莉的启事中加了一句话："希望人们看见受伤或者死亡的猫咪都给她打电话。"以前，霍莉格外自信，觉得只要时间足够，她总能找到艾克尔斯。但今年早些时候，她计划了两个月的欧洲假期，激动之外，更多的是焦虑。

"如果艾克尔斯回家了怎么办？"她问，"如果我刚好不在家？"航班在临近，为了寻找艾克尔斯，她辞职了。"我心甘情愿地爱着他。"她说道。

当她出门旅游时，家中的接听器打开，在黑暗里不停地闪烁。两个月后，霍莉终于能播放语音信息了。

"一个年轻女人看见了我挂在布莱尔告示板上的启事，"霍莉激动地对我说，"她还读了墙对面的启事，那里也有一张关于猫咪的，不过是给猫寻找主人的。因为描述近似，她就给我打了通电话，这真是太周到了。"

那份给猫寻找主人的启事属于郊外的一名毕业生，他在公园边发现了艾克尔斯，后者在四处晃悠，看上去饿坏了。整整一个月，艾克尔斯成了他的住客，当然，猫咪入住时没有用自己的本名。再一次地，这只灰白相间的猫有了一个联想出来的名字，又或许只是监护人自己的绰号。这名毕业生一定是搞学术研究的，不然怎么会给猫取名伯纳德。

"洛基还有意义些。"霍莉说。她很快反应过来，补充道："或许艾克尔斯太绕口了，但伯纳德？谁会给一只猫取名伯纳德？"

于是艾克尔斯回家了，霍莉窗台前的微风也一同归来，她满足得像在空中飘浮，直到数月后，艾克尔斯的健康状态突然下滑。"我带他到兽医那儿体检，"她说，"他们给他打了镇静剂，还把他肚子上的毛剃了。"她的语调有些沉重："我开车回家，然后打开了后座的门。一眨眼的工夫，他就从袋子里跳了出来，越过窗户往外跑了。我不清楚他是否恢复了神志，毕竟他的镇定药药效刚过，我只是追着他跑，但他就这么消失了。"

考虑到兽医带来的混乱，以及针头的戳刺，艾克尔斯无可避免地发怒了，至少他的脑边缘系统不受控了。对人类而言，边缘系统通过本能，使我们冲动易怒，并且容易沮丧。但人类的大脑还有另外一部分——前额叶皮质层，它会用理性的思维管理这些冲动。而没有前额叶皮质层的猫，只能靠本能保护自己了。

彼时，我看见那张寻猫启事的时候，艾克尔斯已经失踪三个月了，他肚子上被剃光的毛肯定长全了。

"艾克尔斯向来找不到回家的路，"接着霍莉坚定地补充道，"人们总会找到他。"

这是个好消息，人们对她的寻猫启事有所反应，但艾克尔斯让我惊讶。几年的共同生活后，他应该很适应这样的来来去去。我尽可能说服自己，艾克尔斯有规律地消失，就像个得体的绅士那样，几周里至少有那么一次会回到家里。但事实上，每一次重聚都是霍莉辛苦换来的，或许艾克尔斯有一个主人，就在镇子的另一边，那个人也在投喂他。

距离艾克尔斯消失已有很长一段时间了，久到让霍莉绝望，她仍旧不死心："艾克尔斯走得太远了，他可能生病了，可能死了。又或者有人收养了他，我希望他被收养了，那就再好不过了。"

有一天她终于忍不住哭泣，并对我说："这表示他再也回不来了。"这就像一道神谕，她终于放下了，接受了眼前的事实。尽管失而复得发生过许多次，但霍莉并没有纠结于此，她自己也清楚，这样的浪漫重逢盲目而痛苦。虽然没有明说，她或许不再责怪自己了，因为那种野性的呼唤不是人力能够扭转的。

在那次谈话后，霍莉的悲伤传到了我这儿，加上另一个没能寻回的猫咪，一时间，我也有些沮丧。但霍莉的坚持让我耿耿于怀，不只是她花在艾克尔斯身上的精力，还有些别的东西，但我说不上来。或者在许多年后，当我坐在异国的阳光下，我能细细品味那些走失与找回的猫的启事，分析霍莉的故事为何会缠绕在我心底。

最初的时候，我仅仅在想："除了爱以外，是什么支撑了她这么久？全因为艾克尔斯吗？那只桀骜难驯、永远想着回归野外的猫？"

一个月后，为了澄清几个问题，我给霍莉打了个电话，我很庆幸我这么干了，因为事情出现了变化。

"我想我清楚发生了什么，"她说着，语调开始上扬，"艾克尔斯应该比过去走得更远，直到环山路周边了。就在公园的另一边，但我没在那里张贴过启事，我以前从未找过那个地方。"艾克尔斯离得太远了，以至于没法回到他熟悉的地方。她如此推测着，我没出声，因为清楚自己一开口就会否定这个观点，她过于悲伤了。

我打电话给霍莉，最后仅仅给了一句祝福，用专业术语来解释，这叫治疗师中立。除了即将到来的危机，治疗师不会干涉患者的决定。但真正的理由更加复杂，甚至荒谬。听见霍莉的新计划后，盘桓在我脑海里的从来不是什么中立治疗，而是最近重播的《星际迷航》，我是这部电视剧的忠实信徒。在星际迷航里，宇宙中有一个"优先共识"，未到生死存亡，就不要干扰其他文明或者信仰体系的决策。我试图牢记这种彼此尊重、理解他人的哲学。

在治疗过程中，一个决定往往在电光火石间完成：选择哪一条岔路口？顺着患者的话继续说下去？还是回到之前的话题？让沉默持续下去，还是避重就轻，让客人保留这份困惑？因为最终会发挥比短期治疗更好的效果，对待避重就轻的患者，我该用煽情的方法驱使他们作出决定吗？

我有什么权利左右霍莉的直觉呢？她充满激情，有能力达成自己的目标，和整个社区的居民都处得不错。她清楚自己该怎么做。我又了解些什么呢？除了那该死的直觉外，我宁愿在心理咨询师和寻猫侦探间的角色中自由转换。这能解答我真正的困惑：关于霍莉和艾克尔斯，我究竟知道些什么？

当我将他们的故事片断整合在一起，答案变得异常简单。他们的关系如史诗般跌宕起伏，这当中有聚散离合、意外事故、情绪低落、偶然与巧合、来自陌生人的善意、疾病和本能。在这场没有尽头的轮回里，彷徨、重聚、流浪与失去早已成为主旋律。霍莉彷徨地寻找着艾克尔斯，而艾克尔斯，受他野性的本能所驱使，继续彷徨。重启搜索计划是个好主意，但也有可能错失良机。不过这都是假设，我永远无法知道答案。从事心理咨询二十五年，两个人之间的变化我都难以解释，更不用说人与动物了，我预测不了未来。

第三只猫　软蛋

软蛋在失踪前显然被揍了一顿，以致不得不离开家，以及他爱的一切。被人欺负已经够糟糕的了，但更惨的是这个屈辱的秘密已经人尽皆知了。他的主人在整个社区反复播报这场战斗，并将其描述得绘声绘色，不论敌友。有手头正忙的路人、学生、买得正欢的顾客，甚至是波兰教堂的修女，就连我院子里的负鼠也见证了他屈辱的时刻。窃笑声后，是众所周知的事实："他被一只邻家的恶猫吓跑了。"

软蛋遇上困境时，我从事侦探事业也有一年了，我正端着早餐红茶一步步朝门廊走去，不巧看见一张寻猫启事，就挂在路旁的松树上。我迎着阳光，缓步走下楼梯，属于南茜·道尔的那部分渴望伸出援手，想象着将他完璧归赵，接受猫主人源源不绝的谢意。我走上前，逐字逐句地读起来："被隔壁的猫驱逐。"

寻猫启事正在我的街区满地开花：新入住；不了解周边环境；从没有出过门；在秋冬两季，以及整个夏天，教师和学生搬进搬出。

加长型的本田 SUV 驮着箱子、衣服和半旧的咖啡桌，在长达一周的噪声攻击和家具来回挪动后，猫咪忍无可忍，离家出走。在这种混乱的背景下，又多了软蛋，一个被恶棍赶走的小猫。噢，可怜的软蛋。

我把树上的启事撕下来，冲回房子，递到我的搭档卡莉丝面前。

"看，我发现的启事！"我喊道。

"真够戏剧性的。"

卡莉丝和我是在最近认识的，就在找回查克的六个月后。她经营着一家餐厅，同时在硕士选科上游移不定。当她还在思考报读英语还是心理学的时候，我已经开发了自己的第二专业——寻猫侦探。卡莉丝在客厅里拨弄她的吉他，排练法兰克·辛纳屈的名曲。

"像你这个年纪的人，不都喜欢唱邦·乔维的歌吗？"我调侃道，我们经常用代沟打趣，毕竟我出生于五十年前的婴儿潮，而她则属于冷漠的、不关心时政的 20 世纪 80 年代人。

"可怜的软蛋，"她拿着启事感叹道，"等等，谁给自家的猫取名软蛋？这不是在诅咒他一定会被欺负吗？"

当卡莉丝来到我这里时，她已经足够智慧、机敏，拥有完全成熟的心智。十八岁生日刚过，她大学毕业，同时拥有了一份全职工作。当然，她也喜爱猫咪，并给自家那位赐名"肖斯塔科维奇"，简称肖斯塔，出自一位俄罗斯作曲家的名字。她是怎么想的？"灵感。"她欢快地回答道，"他看上去像不像个俄国人？"

可怜的软蛋，他该用一个读起来气势十足的俄国名字。

我和卡莉丝反复研究启事，软蛋是一只黑猫，但赶走他的，是一个橘色的、来势汹汹的东西。这算哪门子的描述？人还是猫？上面提到了来袭者嘴巴大张，以危险的方式贴近了黑猫，但"外套"这个词紧贴在橘色后面，这是什么意思？哪种猫会穿衣服？

或许指的就是个人，即使是吧，在我们这里七月份穿外套也不大可能。我试图寻求另一种解释，这个"外套"可能指的是橘色连身监狱服，如果这是真的，遇到一个逃犯，软蛋大概已经跑出镇子了。

第二天，卡莉丝和我发现了第二张启事，掉在电话亭的角落里，这张像个缩略版的，只有奶牛猫的图片，但下面的便利贴解释了一切。那是一只邪恶的橘色猫，查克也是这个毛色，他又惹上麻烦了？真是个多事之秋，刚找回了被绑架的猫咪，又陷入了猫咪故意伤害罪疑云。

"查克没理由离家这么远，"卡莉丝说，"他是放养的没错，但不可能欺负别的猫。"

我忍不住给失主打电话，泰拉在电话的另一头，像母狮一样为自己的幼崽辩解。"我家的猫有一个惯例，"泰拉自述她是一名耶鲁大学的硕士生，每天步行前往校区，"像往常一样，软蛋在车道上等我。"她自豪地说。

"然后，那只粗鲁的猫蹿了出来，不停地咆哮，软蛋吓坏了，跑出了院子。他就是个恶棍，恶心透了，我恨他。"

我希望自己的猫没有陷入这场地盘争斗，或者即将要发生的任何事情。毕竟我不想身穿牛仔裤和内衣冲到她家里。

泰拉试图描述软蛋的心理状态。"当时，软蛋很害怕，"她说，"他不喜欢争斗，有些猫就这么温顺。"她吐字清晰，语气坚定，我听得出她的怀疑——优胜劣汰怎么能适用于整个宇宙呢！

在道路的尽头，软蛋也尝试过反抗，但面对橘色的闯入者，他细小的尖叫声在咆哮面前不值一提。起初，软蛋也不愿放弃他的领土，但到了傍晚，他的活动区域已经缩小到楼梯口了。争斗持续了一整个晚上，清晨时分，入侵者已经插上了自己的旗帜。软蛋的活动范围变得相当有限：吃完早餐，小心翼翼地迈向楼梯下面，随即被追赶流放。

我试图离软蛋更进一步，根据以往的经验，我会把一张调查单交到猫主人手里，以此了解他们的生活。这是新闻界惯用的手段，是谁？是怎么回事？在哪里发生的？什么时候开始的？为什么会这样？跟我说说你和你的猫吧。猫咪失踪前发生了什么？搜索中有发现吗？你从哪里开始搜索的？什么时间去的？你认为他为什么会失踪呢？

"软蛋是家养还是放养的？"我问，"或者两者皆有？"

"他为什么要在家里过夜？"泰拉反驳道，好像我在挑战她家猫的猫身权益。"这是他的院子。"她说着，然后笑出声，"但这里很小，那只橘猫应该挑个更大的地方，这里不值得打斗。"

"当我发现他不在车道上，"她继续说道，"就觉得不对劲了，这一定和那只恶猫有关。我穿上衣服出门，一路走，一路找，当然我碰到了那只橘色的猫。"她似乎笑了，声音低不可闻："这意味着软蛋不在附近了，我拿着手电筒走街串巷，只觉得找到软蛋的可能性太低了。我有多大的概率能照亮他躲藏的那片树丛？所有人的院子都被篱笆围住。我只能回家。"对于一个迫切要保护自家毛孩子的人来说，她的行为有些消极，是太无助的缘故吗？以至于丧失了激情和自信。

许多失去猫的主人都有一种源源不绝的动力，只会在失败后耗损一二。他们会在工作前、下班后四处寻猫，询问邻居，搜寻相同的地点——门廊下、汽车底部、灌木丛，猛然惊觉后前往下一处寻找。回到家中，他们进行地毯式搜索，反复查看每一个房间，拉出每一个抽屉，检查厨房的锅碗瓢盆、衣橱，所有能够藏猫的地方。

"我讨厌那只恶棍。"泰拉说，在结尾的时候闷哼出声。换作是我，也会恨一只追着查克打的猫（当然，我自负地认为查克绝不会逃之夭夭）。

在第二份启事上，除了介绍那只橘黄色的恶棍以外，泰拉还给故事背景加入了一些细节，比如软蛋是一只瘦小、手无寸铁的猫咪。

这么讲显然不公平，但她就是这么认为的。

这两份启事用施乐打印机打印，上面的黑猫出自强尼牌猫砂的广告图片。

"这看上去就是软蛋。"她哽咽道。

我扑哧一声，好不容易止住了笑。查克可不能为了这种事背黑锅——揍了一只冒充模特的猫。

泰拉不是那种哭到失声的苦主，这不是她第一次张贴强尼牌猫砂的广告图片了，或许这能解释她处事不惊、听之任之的态度。几年前，泰拉还有一只猫，一样的奶牛猫，一样的失踪了。一位住在街尾的女士救下了她的猫，但她并不清楚经过，对方不会讲英文。

"一只外来的猫将另一只猫赶出了原本的领地，你认为这可能吗？"我随口问道。

"那只橘猫一直追在后面嘶吼。"泰拉说。到后来，她的声音尖厉起来："我跟你说，软蛋就是被迫离开自己家的。"

对待那个恶棍，泰拉透露了一个词"嘶吼"，而我终于松了一口气，查克从不吼叫，除非是面对一只来意不善的狗。他很会打呼噜，时常躺在热水浴缸的盖子上，那里紧挨着墙角，时常有邻居家的猫来来往往，但场面都很宁静。

泰拉的好运气来了。

"几天前，"她说，"魔法，或者是白女巫收服了恶棍，总之感谢上帝，他消失了。或者前往打搅别人的路上了。"但软蛋可没有收到消息。"他大概迷路了。"泰拉说，"整整两天后，我找到他了，跟往常一样，就在车道尽头等我。"

"有受伤吗？"我问。

"不，他很好。"泰拉说，她的声音变得又细又软，我知道那种声音，属于我们与猫咪私底下交流的特有音调。成年人的伪装用得太久，想要找回真正的自己并不容易。这是一种充满喜悦、毫无自主意识的语气，内容不需要多准确，不需要显得聪明，或是工整。每周一小时，在心理治疗师、保险公司的询问下描述感受，谁都搞不清楚这些情感是什么了。当我们照顾猫咪，亲吻他们的鼻子，我们就会使用这样的音调，也就在这个时候，天真无邪还没有被精明和防备掩盖。

我们得保护这样的声音，然而在这个世界，此事的难度可以排在前几位。保留它的同时学会理智的声音，后者能让我们度过白日，生存下去。这样的话，就没心理治疗师什么事了。

我也很困惑，该如何解释泰拉的某些决定？在软蛋失踪以前，她明知门外有恶猫，前一天才把软蛋赶回前门，她还是打开门，把猫放了出去。

我嗅到一丝不易察觉的矛盾。傲慢往往会被伪装成别的情感，诸如愤怒与悲伤。傲慢当然也能隐藏在人们的意见和决策力里。即使是自己，也很难察觉。禁止软蛋离开家门的做法，就像是在告诉泰拉，她无力阻止"一切的不公"，并且清楚地意识到自己的无能为力——这不应该发生在她或者软蛋身上！

而另一个隐蔽的真相也占了统治地位：因为她爱他，她相信她可以掌控局面，凌驾于现实之上。爱能保护我们的生活免受伤害。爱能保护我们猫咪的安全。那是大多数人希望他们的爱能办到的事——控制与保护。我们能提供的保护方式与为人处世有关。为了援救查克，只要有可能的办法我都试过。泰拉指望正义能解决一切。生活难免会有风浪，我们都希望能用爱的力量保护所爱，永远不会失去他们。

对我们而言，傲慢这种情感错综复杂，即使是处在失去挚爱的边缘，都难以为人所掌控。傲慢藏于我们扭曲的推理里，我们不想体验伤害，不想尝试无助，为了逃离这种矛盾，我们把这类冲突变成对与错的较量。我们终日苦思谁对谁错，通过责怪获取力量，从无能为力的沮丧中短暂解放出来。自始至终，我们都是脆弱的。

泰拉聪明，意气风发，让我想起了杰克，他一表人才，是管理高层，因为个人危机需要心理咨询。第一次治疗时他大吐苦水，半真半假地讲述了他的妻子，以及十四岁的孩子正计划着怎么离开他。过了半小时，我建议他保持安静，并闭上双眼。出于礼貌，他同意这么做，但朝外扬起了下巴。二十秒后，我问他："你现在感觉如何？"

他睁开眼，一边说道："这一分钟要花我多少钱？"

"让我们跳过数学的部分，"我说，"你能感觉到你对我的鄙视吗？"

最初他矢口否认，但我告诉他，我并不会批判他，并解释道："你正在用傲慢掩盖自己的真实想法。如果你既没有拒绝我，也没有责怪你的妻子，你会怎么想？"

他安静地坐在那儿，满眼困惑，几分钟后，他低垂脑袋说道："我不想一个人待着。"

"当你需要某人时，你的表现就像今天这样吗？"

"我会挖苦对方。"

"当你目中无人的时候，安吉拉怎么处理的？"我问。

"她说她没法阻止，不过会在事后原谅我，让我感受她的高风亮节。"

"你们在用彼此的自尊对峙，"我说，"你们有实事求是地讨论过吗？"

"她试过，"杰克呵呵一笑，"有一次我很生气，告诉安吉拉，我们家的两头牧羊犬比她更喜欢我。"他停顿了会儿，"但事实是，我真的很爱她。"

讽刺的是，我的自尊没有让我放弃追逐答案。软蛋的启事在我的收集品中熠熠生辉，我想将艺术家的细节补充上去。

"那张启事，是谁做的？是人，是猫，还是魔鬼？"我这么问泰拉。

"一位画家朋友做的，"泰拉说，"我给了她强尼牌猫砂的广告图片，让她任意发挥，画得真不错，你说呢？"

"如果你有一名助手，"我说，并惊讶于这次寻猫行动的专业性，"她是怎么写出邻居的恶猫这句话的？"

"因为他就是啊。"她说，显然被逗乐了。

"没有别的因素？"我期待着进一步的解释，隐喻啦，或者艺术联想啦，或者超现实主义的发挥。橘色有一个红色的底色，而红色则是属于让人激动的色彩。有些人认为激动和冲动是同义词，或许软蛋只是被一个概念性的东西追逐着，压根就没有那只猫，或者恶魔。

"没有。"

"那软蛋怎么叫这个名字？"

"我就是喜欢。"

"没别的原因？"

不是每个问题都有归属，但至少软蛋拥有一个。他重回故土，像王子一样坐在车道尽头。

我将软蛋的启事称为有史以来最好的寻猫启事，并将其钉在了厨房的通告栏上。卡莉丝正抱着一叠的笔记本走进屋。

"你考虑好硕士选科了？"我问。

"我们在一起的时间不多了。"她笑着说，"没法去热带度假，但二月份的蒙大拿还是可以的。"

"去那里做什么？"我问。

"哦，呼吸点新鲜空气？"

卡莉丝和我对着服装目录大肆扫荡，计划着购物行程——雪地靴、保暖衣、滑雪裤，以及类似的玩意儿。

　　随着时间的临近，我们甚至期待来一场跨国徒步旅行。但两个城市女人怎么可能在森林里存活呢？我们甚至不具备相应的技能。我明白怎样在雨里搭起帐篷，但对野外生存那些事，还真是一窍不通。如果遇到棕熊呢？我可不希望"跑快点"成为最后的遗言。我计划将我的信用卡丢到熊身上，并对他吼道："带上这个，你可以一路走一路吃！"

LOST CAT

Still missing as of January 30th

Maddy, Blue Sky Leather Shop cat
was lost the night of November 28th in the parking
lot of the mall.... She was seen shortly after
at the factory buildings. Have had reports of sightings
in December in the NE area of town.
She could be anywhere!
We are not ready to give up on her!
Any information please call (818) 555-3459.
THANK YOU!

第四只猫　蒙大拿的麦迪

"我喜欢狗。"机场吧台里,我旁边的女士这么说。

这个答案在我的预料之外。

延绵不绝的暴雨,让飞机像扎了根一样定在明尼阿波利斯的圣保罗机场,而我则被困在前往西雅图的路上。在蒙大拿旅游的时候,我找到了一份寻猫启事。为了打发时间,我决定测试一些与寻猫启事相关的理论。经过一年的侦探工作,我希望自己朝着简和乔治·Q事务所的方向靠拢,最起码得有差不多的审核机制。

当看见一份寻猫启事时,我会先将字里行间能够收集的信息整理出来,通过直觉与经验整理出一份失主的档案。这些文字是朴实无华,还是感情洋溢?诸如"爱死她了""担心他的健康"以及"从未出过门",可以表明启事由一名女士所书写。女性更容易情感流露,比如说"害怕过大的噪声""喜欢躲藏",也更喜欢选用主观代词:"我""我们",以及"我们的"来表达单个或者多个的失主。手绘的寻猫启事以及像奶牛一样的花纹这类的形容,通常是家有幼童的失主的。

男性更喜欢简单明了的描述，比如使用"已失踪""必有重酬""江湖告急"之类的词，他们会把猫的照片直接扫描进启事，然后系统性地添加街道名、丢失时间、猫的毛色、年纪等一系列信息。个人简介的部分就直接省略了。有些孩子的父亲是例外，他们还是会选择一些感性用语，比如"我女儿很伤心""全家人都很想她"，以及"孩子们跟猫一起成长"。

就在我们等候太阳，品味红酒时，伊丽莎白表明了自己的阵营，她喜欢狗，我决定将她放入即兴研究课题里。她是一所西方女性艺术画廊的总监，过去曾居住在纽约，现正在前往阿肯色州看望未婚夫的路上。伊丽莎白无疑是一个复杂的研究对象，一个不喜爱猫的人会阅读寻猫启事，并对其有所反应吗？

"因为你喜欢狗，这是否意味着你会对寻猫启事视而不见？"

"噢，当然不。"她说，"我希望人们能和他们的宠物重逢。"

"你认为这个主人是个什么样的人？"我继续问她，她看了看那张启事，又谨慎地打量起我来，我再度微笑，琢磨着她眼中的我。我有一双棕色的眼瞳，在某些人口中，它能用热情感染他人，和大多数人一样，我也害怕被误解，但无时无刻打开的话匣子让我比实际上自信许多。我试图更加平易近人些："我养猫，也做过寻猫启事。对这个主人，你有什么想法吗？"

过了十秒，她说："他们经商，这张启事提到了一间商店。"

"那主人的性别、个性或者气质呢？"我思考着第二杯红酒能不能让她开口回答我这些不寻常的提问。

"男人！"伊丽莎白缓缓道，"这张启事相当务实，就像报告似的。"

"如果主人写了'心碎'或者'绝望'，你会有其他想法吗？"我为她的总结所惊讶。

"噢，是的。"

我在酒吧里认识的这位朋友具有代表性吗？麦迪的启事未能传达主人的痛苦吗？我做了一个简短的实验，让服务员读了启事，她露出悲伤的神色，同时想知道这只猫是否被找回。她有没有试着揣摩一下失主的情感？

"并没有。"她说。

我转身问酒保，他大概很擅长察言观色："这位主人是那种条理分明的家伙，不会为感情所影响。"

我惊诧于他们的反应。根据启事描述，那是 11 月 12 日，麦迪在商场外拥挤的停车场里走丢，刚失踪不久，主人就发现了。不久后，有人在当地一家工厂见过她。直到十二月末，搜索工作一直延伸到镇子的最北面，但不幸的是，整整两个月都没有麦迪的消息。尽管张贴了寻猫启事，并在里面写上了诸如——"仍旧失踪""不打算放弃她""可能在任何地方""有消息请致电"，以及特大号的"非常感谢"等字眼。在伊丽莎白看来，这位主人仍旧没有表现出他的情感世界。

麦迪可不是赋闲在家的猫，她白天有一份工作，头衔相当正式："蓝天皮具店店猫。"在启事里，她镇守着一个玻璃水壶的手柄。尽管照片有些模糊，但麦迪仍旧展示出一种独立的气质，她是位体格高大的姑娘，但毫无疑问，非常漂亮。

她主人的名字并没有写在启事上，但这间皮具店极有可能是女性在经营，毕竟大部分零售店皆如此。"我们还没有放弃她。"这句话意味着两个月以来的坚持与奉献。

很遗憾，当卡莉丝和我在蒙大拿度假时，我并没能联系上这位主人。在我回到纽黑文后，我才与她通话，也就从那时起，我开始聆听爱丽丝的"奥德赛"。让我们从头说起吧，许多年前，爱丽丝离开了加州，并在蒙大拿过起了乡村生活。不知为何，她热衷于 20 世纪 70 年代那种单纯朴质的生活方式，她的老式休旅车上张贴着一串字符："愤怒的女人团结一心。"我猜测她会穿彩虹色的扎染衬衫。启事中的"我们"则代表了她的雇员，那些同样深爱着银虎斑的人们。麦迪，是爱丽丝一直以来的镇店之宝。但当这只八岁的老猫失踪后，她只是责怪她自己："我应该更小心些。"她对我说。

一天中午，也就是在麦迪失踪的数周后，当爱丽丝坐在家里，看着太阳在山峰后褪色，感觉自己被抛弃了，此时电话开始叮叮作响。

"我看见你家的猫咪麦迪了，在运动场上。"那是一个小女孩，她用唱歌的节奏吐出一个个字眼，"她正朝我走来。"孩子继续说道。

"她的声音听上去最多九到十岁。"爱丽丝对我说，"从没有孩子打来电话，但显然她识字，我试图问出更多的细节。"

她问了女孩好几次："你在哪里见到过麦迪？"

"我喜欢小猫。"女孩这么回答。

"好吧，你还记得是几号吗？"爱丽丝问，然后问了一个更为具体的问题。"是星期三还是星期四？"

"我不知道，"女孩说，"她走到我身边。"

为了寻找一个与孩子之间的切入点，爱丽丝将问题简化到无可删减的地步。

"你叫什么？"又一阵闲聊后，爱丽丝开始提问。

"那只猫是什么颜色的？"

"我摸了摸她，她很喜欢。"女孩说，让一次正式的谈话变得毫无结果。

"我都不知道该怎么思考了，"爱丽丝对我说，"她是故意含糊不清，还是不能回答？"她停顿了下来，"或许，她只是在讲述真相。"她说着，被最后一个词绊住了。

最后，那个小女孩结结巴巴地吐露了一个名字，听上去像当地的小学。爱丽丝无法分辨真假，而这就像要从黄铁矿中找出一块真金那么困难，为了证实女孩的身份，在第二天下午，爱丽丝决定拜访这所学校。或许当面交谈时，对方会不那么害羞，更坦率地回答问题。我不由琢磨起这个举动来，爱丽丝是要直接去学校吗？她上一次走到一所小学的大门口是什么时候的事了？要知道，他们在这方面有相关的规定。

第二天，在课间休息时，当爱丽丝走到学校运动场同两名老师交谈后，他们会知道，并且告诉她是哪位女孩发现了陌生的猫吗？事实是，老师们放出了学校的通告："只有法律监护人才能同孩子说话。""我站在那儿，脑子有些迟钝。"爱丽丝说，"尽管他们同情我，即使不在乎那些规则，他们也不清楚那个女孩是谁。"

如果故事是真的，老师们补充说，其他学生也必然会涌向运动场，围住那只从未见过的猫。爱丽丝应该放弃这个线索，尤其在她了解到另一条通告后："为了避免疾病传播，学校禁止运动场上的任何动物与学生接触。""整个过程看上去，就像那个女孩凭空捏造了这个故事。"她在电话的另一头叹气，"一个孩子为什么要说谎呢？或许她没有，我没法得知哪个才是真相。"

我明白她的犹豫不决，失去了猫的主人总有些一厢情愿的想法。

最早发现麦迪启事的，是卡莉丝和艾力克，艾力克是我们共同的朋友，那张纸就贴在餐厅门口。他们跑回来，将我从民宿带到了吃早餐的地方。"我们看见了一张很棒的寻猫启事！"他们推开门，走进了那家当地餐厅。所有的"两足兽"回过头盯着我们。没错，我们是穿了黑衣服，但身上也有别的颜色呀。我还戴了粉红色的围巾和同色系的耳罩，而艾力克有一件很抢眼的蓝色翻领毛衣。卡莉丝看上去永远那么可爱，她有着栗色的长发，沿着额头朝一边坠下，很好地衬托出她绿色的大眼睛。餐厅里有几个女人，但更多的是穿着长袖运动衫和戴棒球帽的男人，因为空气干燥，他们的皮肤也绷得紧紧的。他们将烟头摁灭在肮脏的餐盘里，然后点燃下一支。永无止境的二手烟扑面而来。

"你不能在蒙大拿读硕士,"我对卡莉丝说,"我们付不起民宿的钱。"

为了忽略餐桌旁的探视,我埋头于当地报纸,并在其中找到了我个人最喜欢的广告:"一个机车骑行者、滑雪爱好者,正寻找一个女人离开这个监狱般的星球然后一起去野外生活。"

但是一张寻猫启事真正吸引了我的注意力。

在离开餐厅后,我就打给了爱丽丝,但没人接听电话。

经验告诉我,处于悲痛的失主不可能给一名作者回电,所以当留言信箱响起时,我有了一个新的主意——直接赶到店里,买个皮制手袋,然后打听麦迪的种种。

但似乎没有人知道那家商店的具体位置,当爱丽丝在找麦迪的时候,我也在找她。我问过蒙大拿的本地人,没有人能认出这家店的名字,但他们都很友善地猜测着位置。当我开着租来的车子,询问起一位散步中的银发绅士时,搜索工作的前景降至最低点,他用发着光的蓝眼睛注视着我,并宣称:"我住在这里五十年了,从未听过它。"

"在一个小镇上找间皮具店有这么难吗?"卡莉丝说,"如果有这么困难,那找不到麦迪也是理所当然了。"

在我回家前的那个清晨,我向一位猎枪店的老板求助,他在街对面有一所斑驳的橘色房子,那里只有一个房间,就差在屋门口悬挂牛仔头衔了。不知为何,其他的店铺都关着门,就像被三只小猪故事里的大灰狼吹走了招牌,留下了最后一个没被损毁的硬骨头。我们穿过马路,看见一张寻猫启事贴在玻璃上,然而店铺大门紧闭。我凑近了一点,鼻子紧贴着窗户往里瞧。这里看上去更像一间工作室,没有窗帘,一组架子上摆放着大大小小的口袋。大量未裁剪的皮革摊在工作台上。旧车配件与缺乏保养的椅子摆在后院,阳光洒下来，照亮了上面的锈痕。

在我和爱丽丝终于说上话后，才发现她就在她店里，我给她照了一张相，她将电话夹在下巴与肩膀之间，小心地穿过那些层层叠叠的柜子。痛苦的开端源于一次例行的驱车购物，直到麦迪从驾驶座下露出脑袋后，爱丽丝才意识到她有一名乘客。"我当时就应该回家，但我太慌张了，"她说，"我做梦也没想到，她会冲出去。"

爱丽丝买了一点点东西后就立刻赶回了店里，但麦迪不愿从面包车里出来。她有她自己的生活节奏，爱丽丝想着，将车门打开就离开了。第二天早晨，她回到了皮具店，但没有麦迪在后门的喵喵叫唤声。她有一种不祥的预感，同时冲到超市去找猫。"噢，我的天呐，"爱丽丝说，"这听起来就像有人将猫丢弃在了陌生的停车场，而这一次是我干的。"她向经理要了夜班职员的名字，待他们回来后询问，可没有人见过麦迪。

爱丽丝印了第一批寻猫启事并在网上寻求帮助，如今，猫主人可以通过输入"走丢的猫"词条找到相关的非营利组织，以及有偿建议和服务。他们会告诉你如何制作一张启事，如何有效地搜索，以及使用无伤害的捕猎陷阱。这样的陷阱外形和笼子无异，但有三个固定的面，以及一个活动的网面。这种捕猎笼的尺寸很全，完全取决于你捕捉动物的体型大小而定。你可以挑选高的，用它捕捉松鼠、鼬鼠以及所有"讨人厌的动物"，其中也有完美符合猫的尺寸的笼子。这些网格与金属丝构成的陷阱有非常详尽的细节介绍，它们的设计目的是最大程度地避免对动物造成伤害，因此它还有一个名字——爱心网。

爱丽丝的计划很简单：用麦迪最爱的食物诱惑她，一旦猫踏入那个小小的、金属制的笼子，那扇门就会落下来，将她安全地拦在里面。好吧，这是个不错的主意。"我失败了，"爱丽丝说，"彻头彻尾地失败。"她是一名艺术家，但绝不是工程师。结构图让她头痛不已。"我什么也没捉到，自己还受伤了，太丢脸了。"她说完笑了一阵子，"就连老鼠也能吃完东西，安稳地离开。"

在网络聊天室得到情感上的安慰后，爱丽丝扩大了她的搜索范围，从商场后面的绿地，一直到主路后面的几家工厂。那里的经理看上去很友善，他会同意张贴寻找麦迪的启事吗？"完全没问题。"他是这么回答的。

这期间，爱丽丝在镇上穿行，在她能到达的所有地方贴上启事，两周后，她决定再次拜访工厂。在那里，她的美梦成真了！几位雇员不止一次地看见过麦迪。一刹那间，爱丽丝听到了期待已久的东西，与此同时，还有些别的消息。他们说自己并不知道她的猫走丢了，他们没见过寻猫启事，休息室里现在没有，过去也从未张贴过。"我的心一沉，"她告诉我，"如果不是那个经理出尔反尔，麦迪或许早就得救了。你必须格外地积极主动，因为除了你自己，没人在乎。"

我不想打断她，也不清楚该怎么回答她。我们每个人，在某一个时间点都会有这样的疑惑，危急关头，谁会为自己挺身而出呢？我们最欣慰的是能有四方援手，最大的恐惧则是无人相帮。我从心理咨询师"转行"成侦探，最初的目的是为了寻找走失的猫，探究失主如何获得帮助，又或者被身边的世界阻拦。在爱丽丝的故事里，经理的选择不只是一种简单的行为。他，以及和他一样的人向爱丽丝展示了一种世界观——没有人在意你的事。对她而言，类似的事大概留下过伤疤，跟所有人一样，在巨大的压力下，爱丽丝已经愈合的伤口被一声咆哮唤醒了。

就我的寻猫生涯而言，我意识到当人们谈论起自己的宠物时，总会谈及自己生活中印象深刻的事件。爱丽丝对我吐露心声，我格外高兴，无论有多么微小，我希望自己能提供帮助。或许这能有助于重塑平衡，让她恢复。

爱丽丝的信心正在逐步溃散，一个偶然的来电祝福显然很重要，然而搜索工作仍然止步不前，唯一的安慰是那年的天气异常温暖。从小女孩第一次打电话起，她已经有两个月一无所获了，希望麦迪钻进了兔子洞，而爱丽丝只能追进去，闭上眼睛任由自己往下坠落——麦迪在运动场出现过。

她控制住自己不要在运动场扎营惹人厌烦，但三天以后，小女孩又打电话了。"我带着猫咪上巴士回家了。"她说。爱丽丝混乱极了，这个孩子将走失猫咪的戏码推上了新的高度，谈话再一次地让人沮丧，毫无头绪。通过层层的关系，向镇上的许多人打听后，爱丽丝发现校巴司机的妻子有一位朋友，恰巧在一家店里买过日记本。她的电话号码就在支票上，爱丽丝打了几个电话。巴士司机的客串演出成了第三场戏的最后一幕——"如果一只猫在巴士上出现，所有的孩子都会上蹿下跳。"

"我猜这个女孩在说谎，"她说着，并没有责怪的意味，"她不懂这会对别人造成多大的伤害。"

当然，女孩的动机源于好奇，我试图解释这件事。

理解儿童说谎的一种思路，是将其当作构建道德观的过程。成为一个真正的个体，脱离父母的意志，说谎是必需的一步。它的原理是这样的，说谎可以被视作自我意识的萌发。你按时睡觉了吗？是的（我在毯子下面用手电筒读书）！你打过你弟弟？没有（他应得的）。你做了家庭作业吗？是的（我准备一会儿做，等电视节目结束以后）。研究者猜测孩子们说谎的原因之一，在于他们能置身事外，而得逞之后，他们会酝酿更多的谎言。是的，他们一而再、再而三地说谎，完善整个故事。

这个小女孩说谎的原因显然不在于做了错事，更不是为了掩饰她的疏忽。那她的动机又是什么呢？她想获得一名成年人的关注，但没法回答爱丽丝最简单的问题。第二通电话的本质和首次类似，她的话题只围绕着自己转，没有透露一丝半点实质上的东西。她为何要谎称找到了麦迪？打这样一通电话让她感受到自己的重要性？她孤独吗？通常来说，当我试图理解孩子的思路时，我会从最简单的动机入手，进一步分析他们的行为。当然了，我可不是一位儿童心理学家，孩子的行动往往出于最根本的理由——吸引关注，或者躲避旁人的视线。

麦迪似乎是这个孩子致电的理由，但实际上，对于这只猫，她只是略略带过。在她的幻想中，自己处于什么样的位置？学校里满是和她一样年纪的孩子，在运动场上、在巴士上，成群结队。她身边可能没有一个人，但又渴望陪伴。最终，在那个想象里，有人来找她了，她是被需要的。

"麦迪朝我走来。"

在未成年人的社会活动中，与同龄人的相处会让孤僻的孩子难以适应。他们无所适从，感觉被忽视，以至于更情愿待在成年人身边。我想，当那个女孩见到寻猫启事时，会有一种下意识的亲近感，迷失的孩子，以及迷失的猫。

事情发生时，爱丽丝甚至不知道女孩的名字。但巴士司机的太太最终找到了目标。女孩脆弱的状态会让人有机可乘，这让他们格外担心，所以计划同女孩的母亲见面，讨论这件事。

爱丽丝的行为让人好奇，追踪他人并没有让她产生负罪感。查出他人的电话，突然致电，和对方确认事项，询问经理的名字，试图和一个在学校运动场的学生聊天，甚至超出界限。她有这个勇气和韧性，同时，她缺乏经验，和那个小女孩何其相似。我想对爱丽丝说，不要将搜索麦迪时的糟糕经验当成人生的全部。

有时候，世人就是这么令你失望。

有时候，生活亦然。

当我与爱丽丝聊天时，发现很难给她定义——我有一个玩乐性质的猫主人归类法。我意识到猫主人大致分为两种：普通型以及执着型。不要误会，这可不是什么花哨的心理学名词。

普通型的猫主人会在细微处展现他们的爱，购买猫咪最爱的食物，在楼梯上撒满猫薄荷。我的一位朋友看电视时会让猫卧在腿上。他们明白不是每一个人都喜欢猫和他自己的古怪嗜好。

在分享一段可爱的猫故事后，普通型的猫主人会关注听者的反应，他们会根据下垂的眼睑，以及勉强的微笑结束讲故事的时间。普通型的猫主人不会让猫成为生活的每分每秒，他们认为自己的猫也需要独处。当然，他们的猫也有小名，但很清楚公众场合和私下表现出的情感差异。你只会告诉兽医猫正式的名字：暴风。但在家时，他叫小嘘嘘。

执着型的猫主人是全然不同的生物。他们会做普通型的猫主人所做的一切事（除了无法意识到自己失去听众），他们看向猫的眼神就像一位母亲轻抚新生儿。执着型的猫主人会让猫待在家里，密切关注他们的情绪。他们的房子充满了各种猫玩具、猫窝，而当你去拜访他们时，他们会以猫为中心来谈话。

"看呀，毛球专程到门口来看你。"一个可爱的猫故事可能是持续一生的电影。

如果你想认清自己的位置，可以扪心自问几个问题："你和猫玩的时候开心吗？""如果你的猫没有回应你的嘟哝，你的自尊有受到打击吗？"哪怕只是一点点。如果是，你应该是普通型的猫主人以及一个理智的人。比方说，毛球跳上床睡觉会让你很开心，但你也清楚自家的猫拜访过其他潜在的主人。

假如，你相信能感知到自家猫的思维；如果你的猫忘记了你的生日，你会因此而哭泣；如果你向自己的猫咨询时尚建议——"我穿这条牛仔裤好看吗？"——那么，我的朋友，你是一名执着型的猫主人。略过这类细节，一个简单直接的比较就能分辨出两类人：执着型的猫主人会为他们的猫挡下子弹；普通型的猫主人则不会。

爱丽丝是一名随和的普通型，但当灾难发生时，任何猫主人都会变成执着型。为了查克，我甚至违背了自己的原则。

三个月后，爱丽丝最终找到了她最不想致电的地方——动物收容所。他们有一些适合领养的猫。她想找哪种猫？"一个男孩，短毛，并且友善。"出于某种原因，接线员坚持问出了爱丽丝的理想型。"是虎斑重点色的暹罗猫。"她说。（虎斑重点色，相比传统的重点色暹罗猫，拥有带斑纹的脸、四肢以及尾巴。）接线员让她稍等片刻，然后他重新回到线上，并对她说："简直不可思议，我们有一只虎斑色暹罗猫，非常年轻并且已经结扎，本尼，刚刚被退回。"

我被"退回"这个词困住了，通常情况下，它意指被退货的商品，但在收留所，意味着这只被领养的猫被退回去了：租借一只二手猫科动物，三十天包退换！

几周前，一对来自农场的夫妇来到了收留站。不是来找宠物的，他们想要一只能捉老鼠的谷仓猫，农场主大概不清楚暹罗猫的天性，或者了解他们的血统最早可以追溯到埃及宫廷。无论是哪种情况，这位被收养者对追逐谷仓里的小动物毫无兴趣，更不愿意将谷仓当成温暖甜蜜的家，他经常离开工作岗位，并从狗门溜进屋子里（暹罗猫不喜欢孤单）。所以他收到了解雇信，并被免费送回了收留站。

许多我交谈过的猫主人，在搜索中途也会收养无家可归的猫。一个男人在回家的路上撒上猫粮，好让他那巧克力色的暹罗猫——博斯克闻到回家的路。他最终成功了。在重聚后，他回到收容所领养了第二只暹罗猫，那是在寻找自家猫时遇上的，并对他一见钟情。爱丽丝认为，收养一只公猫，是给两只猫可能的相处留下空间，她带本尼回到了皮具店，同时保留了麦迪的位置。

在我们即将结束谈话时，爱丽丝变得积极起来。

"你打电话给猫失主，是出于什么样的动机？你的猫走丢了？"我给了一段简短、规范的答案，在去年，我对着所有的猫失主反复背诵它。

"如果你愿意的话，我想听听你的故事。"爱丽丝说。我分享了自己如何跟随直觉，联系灵媒服务的故事。在结尾处，用一种理所当然的口吻，爱丽丝友善地说道："噢，我联系过三名动物交流师。"

时代改变了——就连灵媒也在重塑他们的形象。

爱丽丝接下来的搜索包括了纽黑文、得克萨斯州，以及雅虎！她写了一封简明的邮件给第一位动物交流师，问她是否可以用皮革制品交换信息。那个女人回信了，并且漏写了"在"字："我很抱歉地通知你，你的猫咪是天堂了。"爱丽丝重复那个特定的词组"是天堂"，终于搞明白是在天堂。

"她伤害了我。"爱丽丝说，"谁会用邮件寄送死亡通知？我只想问卜，仅此而已。"我想过打电话给那位灵媒，请她读一遍顾客服务指南。首先，不要伤害。第二条，拥有同情心。我想知道其他人是怎么回应猫失主的，爱丽丝理应得到更好的回复。

一位朋友说服她联系第二位交流师，一位住在得克萨斯州的女士。这位灵媒不清楚麦迪的生死。显然，当一只猫流离失所时，很难获得准确的解读，从能量上来说，猫放弃了过去的躯壳。灵媒感觉到了一只猫，拥有白色的尾巴尖，但那符合暹罗猫本尼的描述。在预言结束后，交流师对她说："你现在拥有的猫就是你应该拥有的。"

"多么万能的、新时代的答案，"爱丽丝说，"谁都能这么说。"

第三位灵媒大概更能通灵，她告诉爱丽丝，麦迪肯定还活着，通过雅虎地图，她确认了麦迪消失的位置，也是爱丽丝早就知道的地方，除此之外，她什么也提供不了。

最后的口径是：死亡，大概死亡，以及活着。

目击者、故事和灵媒让她贴近事实，但不足以让她抓到麦迪，并带她回家。爱丽丝回到了自我救赎的路线。其他人的参与行动，似乎并不能让她感到安全。她因为自己的失去而内疚。尽管她足够坚强，拥有最棒的意愿，但她仍旧无能为力。我能理解爱丽丝。到了三月份，她仍旧在分发启事，不肯放过任何一次来电提供的线索。

"我该放手了。"她承认，"她要么死了，要么找到了新家，或者养她的人没有看见我的启事。我有本尼了，我知道他跟这些没有丁点联系，我爱他，但我也爱麦迪。我不希望这变成某种扭曲的交易。"

刚开始时，入住店铺的本尼，几乎成了爱丽丝的天赐之物，但现在她想要双重的救赎：首先是走失的麦迪，然后是去爱本尼。在她悲伤的内心里，有一条扭曲的量子物理学逻辑，麦迪的再现被一只条纹暹罗猫挡住了。

了解正常成年人在心理上不合逻辑的联系，是作为咨询师的首要工作。心理治疗能帮助人们定位自己的感受，但真正的侦查工作，始于破译那些影响他们感官世界的不理性思维。在悲痛时，不理性思维会成倍增长。（"我甚至没有见到爸爸的最后一面。""我应该打个电话。"）受其影响，我们会自述一个稀奇古怪的故事，缓解死亡和分离带来的痛楚，好像这样就能预见宇宙中一粒尘埃的移动方向。

根据我的经验，人们的宽恕往往在最后才会施加于自己。爱丽丝有一个错误的信念：她没能保护好她的猫。时间短暂得还不足以疗伤，洗尽她的负罪感，带来终结的信息，将她从失去麦迪的"奥德赛"中解救出来。

尽管她渴望得到宁静，但她内心的挣扎尚未结束。就在我们告别前，她嘟哝着几千米外的镇上有什么消息，然后她深吸了一口气说："我决定去那边寻找一下。"

LOST – A VERY SHY BLACK
AND WHITE (PAWS + CHEST) CAT NAMED
NIKO. IF SEEN, PLEASE
CALL (882) 555 - 6157. RAN AWAY FROM
ORANGE ST. FRIDAY PM

第五只猫　尼可

问："成功的寻猫启事有什么相同点？"

答："地点！地点！地点！"

"这还是第一次见到。"我对卡莉丝说，我俩站在电话亭前，正对着寻找尼可的启事。经过一年半艰难的侦探工作，我见过海量的寻猫启事，而尼可的主人显然少了悟性。这张启事缺乏所有约定俗成的要点，没有人会觉得他是来寻求帮助的。

我之所以看见这张启事，是因为在路过的时候弯腰系鞋带。许多张过期的摇滚乐队黏在顶部，上面的嬉皮士几乎挡住了它的全貌。这张启事的放置违背了市场营销的第一准则："让顾客更容易找到你。"就算没有其他启事的竞争，寻找尼可的启事仍旧处于被遗忘的边缘。它甚至没有朝着公路的方向，一个司机想要看见它的话，必须要将头猛地扭过右肩。当然了，世界上不乏呆子——那种为猫痴狂的猫主人，我如此假设着。

启事的位置让尼可的搜寻工作失去了先机，但还不仅仅于此。

大部分猫失主使用标准的 A4 纸，标题会以醒目的大写字母横跨整张启事。公众对于这种形式习以为常，并且准备随时阅读。尼可的主人完全回避了这些传统，找了一张信封大小的硬纸板，省略了粗体标题，还傻乎乎地钉在角落。比起放在正确的地方，它更像被吞噬了——就像泰坦尼克号那样，我真担心那位船长。

根据上面的日期，这张启事已经被风吹雨打了三个月。或许尼可还在外头，或许只是他的主人懒得撕掉启事。我还不大了解猫主人的时间观，他们会在何时更新消息或者撤销告示。

"这可真奇怪。"卡莉丝说道，"尼可'逃跑'了，这会给大众留下怎样的印象？"

任何一位有自尊的车主都不会宣称车抛弃他们上路了。你会说"走丢了""乱中失散"，或者"消失"。

你不会告知全世界你的猫始乱终弃，仅仅因为他在外面乱晃。

"我可真够幸运的，"我对她说，"查克被软禁那会儿，我至少知道他心里有我。"

"你对这封藏起来的信有什么看法？"我问卡莉丝，指着尼可的名字，那行字太过潦草了，以至于结尾的字母"K"看上去像字母"M"。"谁不会拼自家猫的名字啊？"我们盯着启事发愣。

"它只有四个字母，"卡莉丝说，"怎么可能写错呢！"

从猫主人已知的焦虑程度来看，他，或者她能制作一张启事都是奇迹了。启事几乎要羞愧地注明"这是我的初次尝试"了。

究竟是谁制作的启事？上面的书写坑坑洼洼，或许出自孩童之手，如果是的话，只会让我们更加难受。我们继续在凛冽的寒风中行走，试图勾画出尼可的身份。性别未知的他可能是只老猫，最近被收养了——或许尼蒙（Nimo）这个真实姓名源自他过去的生活。尼可听上去像个外国名，主人可能来自希腊。制作启事的人熟悉这只猫吗？紧接着，几乎是同时，我们戴着羊毛帽的脑袋凑到一块儿四目相望，启事制作者并不是猫主人！这很好地解释了启事上的矛盾：逃跑。我们怀疑制作启事的人压根儿不喜欢猫，猫对主人毫无依恋，一个爱猫人士不会将这种事公之于众。不过"逃跑"这个字眼，至少还有请求大家伸出援助之手的意思。（我曾在伯克利见过一张启事，为一只名叫"蜜糖"的猫所张贴的。巨大的红色字母拼成一个词：被盗。几天后，启事被置换了下去，新的一份写着：失踪！尽管"被盗"可能更好地展示了真相，但缺乏奖励的话，没有人会前往大盗的所在地，又或者他们会想："保管好你的财物。"）

次日清晨，在我有机会拨通启事上的号码之前，我的一位爱猫客户如约前来。我特别喜欢与黛比相处的时光。作为一名技巧娴熟的维修员，她正以脱离中产阶级为目标，辞退了工作，买了辆休旅车，不计后果地穿行于偏远的道路上。同黛比的交谈中，我了解到居无定所的小众群体的生活方式（比方说，没有居住地址时你该如何申请驾照？答：北达科他州会将司机的驾照寄到邮政信箱）。我还学习了拖车的设计和维修。"维修"是一个笼统的说法，黛比打开了网页，向我介绍最新的休旅车和便携式热水器，在露营地，她一般通过维修换取过夜的停车费。黛比的四只猫陪着她一起创业，她甚至准备了一款最适合它们的帐篷，用宽大的实心板围住，营造出宁静、不被打扰的氛围。

当我打开门，黛比用食指划过她的嘴唇，然后指向门廊栏杆。我顺势看去，一只黑白相间的猫蹲在灌木丛里，看上去很像尼可。我连忙跑回办公室，抓起那张启事进行比较。灌木里的猫有着和启事上的猫一样的斑纹，但毛色靓丽干净，不像在外面靠残羹剩饭度过整个冬天的猫。我显而易见的绑架意图暴露了，尼可，或者是他的复制品纵身一跃，落到了马路上。我们从后面追上去，看着他溜进邻居家的常青树丛，动作快得像《西北偏北》里的加里·格兰特，一骑绝尘甩开了警察。

我们只好走回办公室，打通了启事上的电话。"你好，我在院子里见到一只黑白相间的猫。"我说，"他看上去很迷茫。"

电话那头，是一位年长的女性，吐字温柔："噢，不，他已经被找到了。"她很开心地说道，"他不是我的猫！"

一语中的！我想。

"当时，我替一位邻居照顾他。"她说，"你能想象吗？我刚刚接他回家，试图安抚他，然后他就逃走了。"

"他是偷偷摸摸溜走的？"我问。

"他像子弹一样射出去了。"她说，"这不是我的错。尼可的主人有事要出远门，可没有人能照看他的猫，所以他跑来问我。"猫主人在圣诞节时离开了，我不知道他的旅途准备得怎么样，但我怀疑，他早就定下十二月的计划了，而海伦则是那个无须付钱的对象。

"我甚至不喜欢猫。"海伦忧虑地说道。我将这句话理解为她对照顾猫的琐事一概不知。然后，她近乎忏悔道："我只是想帮忙，他的主人说他喜欢坐在公寓的门厅，你知道会发生什么事吧？前门被打开了，那只猫从我身边冲了出去，那种感觉糟透了。"

海伦立刻展开了救援行动。"我派出了搜索队，让一些孩子到周遭查看。"她说着，"我将食物摆在了后院的门廊，在街道上挂了告示牌。"她甚至有一个援救尼可的后备计划，听上去更让人忧虑。"凛冬将至，我希望他能和附近的流浪猫做朋友，这样就可以结伴出行了。如果他们接受他，那他就能安然无恙。"B计划听上去像猫咪版的《蝇王》，如果他们接纳了这只害羞的猫，会让他加入宗族；如果被拒绝了，他们会摔碎他的杯子，将他推下悬崖。

但尼可的命运没那么糟糕，他无须与任何团队合作培训，两天后，他在前门现身了。他一定权衡了利弊得失——待在温暖的囚笼或是在冰冷的石板间盲目游荡。海伦在之后补充道："我的运气不错。"语气里并没有分毫解脱的意味。"幸运极了，不然，我没法想象会发生什么事，我把邻居的猫搞丢了，还全都是我的错。"

你不需要成为一名精神病理学家就能想象这个画面。尼可在数月前就回家了，但海伦就像不停轴的轮子，仍旧处于焦虑状态。

焦虑与压力是人们接受心理治疗的两大主因。它们包含了绝大多数情况，以至于无需症状描述，也能给出精准的判断。焦虑与压力无处不在——事业、爱情、婚姻问题，照顾年老的父母——都会让人走进心理治疗室。当然了，性别差异在这儿也有体现。大部分男性会自述为"压力"，女人会承认焦虑和压力同时存在。不论以哪种方式，标签之下，那种厌恶情绪和剖析都是相同的——自责，无助，羞愧，如此等等。

你是怎么看待焦虑的？像深度呼吸，将死灰般的想法转变成正向思维都会有帮助。不幸的是，对于长期的焦虑，负面思维很难在短时间逆转。在心理治疗中，我的工作就是帮助客户改变他们的惯性。我用了关于运动的隐喻，假设你是一名撑竿跳高选手，想象你自己成功跨越了栏杆，就不必重复撞杆的过程了。我的客户中，有人将这样的联想投影到他们的问题上（恐惧社交，害怕离开家宅，等等）。即使是严重的急性焦虑症患者——会有心悸、出汗、口干症状的病人——也能改善自己的心理状态。

尽管我强烈支持适量运动，健康饮食，冥想以及补充营养剂，但有时候，它们不足以解决问题。所以，得适时引入药物治疗，让它们成为重塑身体的工具。药物减缓了身体的应激反应，让焦虑的人足够冷静地接受新思维。但考虑到副作用，决定使用药物治疗当慎重起见。有时候，反药物治疗显得愚不可及，我的一位客人曾经如此断言："我不用药，就算阿司匹林也不用。"

"这样啊，"我说，"好吧，让我们回顾一下，作为一名忙碌的高管，你抽卷烟，喝酒，偶尔还吸可卡因。然后有一天，你连摇头丸都戒了，而这几乎不可能发生。所以你从不吃药，除非是你从街上买来的、成分不明的东西。"

客人会因自己的矛盾而咯咯直笑，但真正的问题在于：失去自控的恐惧感。害怕药物会改变他们自己喜欢的特质。我不断向他们保证：你依旧会喜欢你最爱的电视节目，一个共和党人绝不可能变成民主党，这是天理不容的，就像一个狗派人士不会变成猫派。他们厌恶这个，然而我可以理解这种不满，一颗药片拥有他们渴望得到的、修复自己的力量，他们为此感到羞愧。

我从生物学的角度解释药物的原理，就像胰岛素可以治疗糖尿病那样。抗抑郁药物和功能性化学式能在大脑里播种，让大脑记起缺失的部分，重新发芽，在那之后，当事人就能停止服用抑郁症药物了。这不像胰岛素，需要一辈子服用。

有时候，人们症状的减弱来自安慰剂的效用，而非所服用的药物本身，仅仅是因为希望能产生这样那样的效果。在短期内，它能缓解你的痛苦，直到你学会新的技能。通常来说，在重设身体反应，学会如何更加清晰、成功地处理焦虑感后，人们就能停止药物治疗了。

我想要海伦好受些，但两分钟内，怎样才能帮到她呢？这个心理治疗得相当快，并且经济实惠，就像洗车行那样。擦掉焦虑，带去新的见解，让她轻松愉快地开走车子。

先重复一次事情经过，就像洗东西前的浸泡工作。

"海伦，这不是你的错，他是自己跑出去的。"我说。

"你不这么认为？"她说。

我给了她更为轻松的看法："是尼可开的头。"

"但邻居拜托我了。"她闷闷不乐地说。

"你的邻居应当会预料到这种事，这是他的责任。"我说，"你已经做到最好了。"

现在，司机的视线已经被肥皂泡沫掩盖了。"我不想让任何人失望。"她忧心忡忡地说。

海伦是所谓的冲突回避型人格，首要目标就是避免任何人生气或失望，他们缺少为自己辩驳的能力。

"好啦，给你自己一点赞美，"我说，同时意识到海伦需要赞美，而不是意见。"你能帮到忙已经很好了。"到了该漂洗的时候了。"你这么看？"她沉着地问道。

"当然。你还张贴了告示，真是太体贴了。"

绿灯闪烁，车子可以出去了。"谢谢，谢谢你给我打电话。"

"别客气。"

"他甚至不是我的猫。"

显然，焦虑的轮盘仍旧旋转着，仿佛她从未和我交流过。即使是一位不易感到焦虑的普通人，大脑在危机时刻也会分泌肾上腺素。当荷尔蒙和其他化学物质生成后，会触发体验的高度记忆，从而引发海伦产生焦虑，这源自一种化学反应，尽管我明白这一点，但还是希望自己能改变它。

我理解那些失去冷静的人们，他们习惯性地扩散焦虑，多年来，我要做的事情就是缓解他们与心爱之人间的矛盾。缺乏耐心，行事草率，出言讥讽成了我们下意识的反应。当然，我们中的大多数人并不想如此刻薄，但年复一年，挫败感成了我们作为失败者的外衣。直到某一刻我们会发现，关系的恶化不仅仅是因为自己，我们所爱的人也拒绝用逻辑和常理处事，是急躁的反应将他们推向了焦虑。

焦虑能伪装在人们平凡无奇的性格和特质中，只有很少人意识到这一点。

"噢，他总是在抱怨。"

"我的妻子没法集中注意力。"

"他没说过一句好话。"

"她只是不敢面试。"

"他就没法好好坐着，这是他的天性。"

"从我还是个孩子起，就很难入睡。"

"她拒绝集中注意力。"

"他得喝酒，保持镇定。"

伴侣们常常会说："我有些担心，因为你不在乎那堆账单、孩子们，还有别的东西。"

"我吃巧克力上瘾，我就是喜欢碳水化合物。"

"她是个购物狂。"

"他不大容易结交朋友。"或者"不完成工作他就不回家。"

爱好也会受长期焦虑的影响。"我不喜欢度假，容易无聊。"

一些长期焦虑的人可能拥有很强的戒备心，或者是被动攻击型人格障碍。他们热衷于被迫害妄想（"我想在天黑前回家，不然，你想我遇上车祸吗？"）

我参加过一场婚礼，那里的焦虑情绪简直展露无遗。

在晚餐餐桌前，相邻的男士不停踢打我的椅子，得知我赖以为生的职业后，他说："噢，那你觉得我有精神病吗？"在那种时刻，我希望自己只是个幼儿园老师。那样的话，人们会亲切地微笑，而不是趾高气扬地眯起眼睛。

"没有，"我回答道，一边希望乐队能回来重新演奏，终结这场对话。《月之暗面》看起来比较合适。"我在仔细听你和你前妻的故事。"他再焦虑也不会戳破我那杯香槟里的气泡。我真希望坐在海伦身边，她固然忧心忡忡，反复说着自己的烦心事，但诚实有趣，是个不错的聊天对象。她温柔待人，但那恰恰是她困境的源头，她没法拒绝别人，为了满足对方的期望，她让自己陷入无法完成的焦虑之中。

"我从未见过一只猫跑得这么快，"她说，一边勾起自己无法磨灭的记忆。"真倒霉，他像子弹一样射出去了。"

我缓慢叹气，祭出最后一招："如果你因为犯罪锒铛入狱，你会继续这么说吗？你能说服刑三个月没有偿清你的罪？更何况，尼可并没有走丢。"她沉默了一阵子。这是一种进步，她开始自我反思，而不是不假思索地自责。

"老实说，"她接着说道，仿佛我俩坐在忏悔室一般，"我再也不想照顾一只猫了，我甚至不喜欢猫。"

一周后，我在自己的候诊室里接待了一位专业的猫保姆。在闲谈了自家猫咪后，我同她分享了海伦一厢情愿的救援学说。"只凭张贴启事，你没法找到任何东西。"凯特（凯特琳的简写）说，"你得告诉邻居这件事，而不是期待他们自发地向你走一步。"

我同意她的观点，然后她给我上了一堂大学课程。

她拿起自己巨大的行李箱，从下到上地抖动了几下，我目瞪口呆地看着她从钱包里取出一张皱巴巴、对折着的纸。那是一张老旧的寻猫启事，上面写着她家橘猫莫里斯的名字。"你猜我是怎么找到他的？"

"完全没有头绪。"

"一位住在我隔壁的女士，我当街拦住了她。花了十五分钟吧，谈论她的生活、我的生活，还有莫里斯的，他是六指猫，你看。"她指着他的爪子说。

"因为，如果她不在乎你的话，她也不会在乎你的猫，明白吗？"

"我男朋友说我是个讨厌鬼，"她说，一边将莫里斯的启事叠好，"我会麻烦其他人。"她有意大利血统，眼睛深邃，她转动着黑色的眼珠，说起了她的男友："他爱我，还说我惹人嫌。那又怎么样？又不是犯罪，我只是在找心爱的宝贝，为什么人们要考虑打扰的问题呢？保持礼貌，然后你永远也找不回自己的猫，那才是最恶劣的罪行！"

我挺想告诉她，如果我的母亲在场，大概会为她欢呼喝彩。她们很相似，喜欢直来直去。我妈妈经常对她的四个孩子说："只要敢问，你什么都能找到。"她成长于没有谷歌的年代，好奇心根植于她的血液里。父亲作为教职员的工资不足时，她每家每户地贩售百科全书。如果一卷书等于字母表中的一个字母，我记得我的双胞胎兄弟，在十二岁时就读到字母 G 了。

至此，寻猫启事的侦查工作已经进行了一年半，我见惯了千奇百怪的丢猫方式——抓破窗纱，喝醉的室友，煤气泄漏以及打开的窗户，搬家造成的惊吓，猫咪试图找回以前的房子，等等。主人总有说不完的好故事，他们都是很友善的人，乐于回答，即使我的问题有些过于深入了。那些故事百转千回，除了寻找你走失的猫这件伤心事之外，大多数主人，比如说我，都干过蠢事，然后狠狠地嘲笑自己。当然，有的帮助确实不落窠臼，人们没有因为脑子里回旋的恐惧而放弃。

面对相似的灾难，不同的人是如何处理的？我对此很感兴趣。表面上看，每位主人的脾气、生平、性格和精神世界影响了他们应对逆境的方式。我尚未想出合适的名词，我开始思考适应能力的问题，猫主人需要它，猫也是，比方说，艾克尔斯强大的适应力是怎么来的？

在这种一知半解的情况下，我继续收集启事，并补充了几个新问题。我的方式还是老样子，在发现寻猫启事一段时间后，我会不请自来地打一通电话，和陌生人聊天。一天傍晚，在漫长的工作后，任凭家里的电话如何作响，我也没去接听。几小时后，我终于打开了留言信箱,一种负罪感汹涌袭来。我重新按下了播放键,我弟弟克制的声音传来,却掩盖不了其中的沮丧:"怎样做一张最好的寻猫启事?"

LOST CAT

Name: Tori
Type: Tortoise Shell
Age: 11 months, 3 weeks
Colors: Brown, Orange, White, Black
Last Seen: Early Saturday Morning, at 5:30 a.m.

IF FOUND, PLEASE CALL (233) 555-0121

第六只猫　托丽

"我不想对瓦莱丽说她死了。"我弟弟说，他的声音嘶哑，近乎耳语。"但她真的很伤心，"他说，"以前从未发生过这种事，猫离开家就不回来了。"我八岁的侄女于十个月前收养了她的第一只猫。那是从动物收容所领回来的，笼子外面贴着她的名字，"托托"[1]——这大概是某种简写，为了表明猫咪和乌龟一样，拥有玳瑁花色。"对母猫而言，那可真是个傻名字。"小瓦莱丽如此对我说，并立即为猫咪更名为托丽。

现在，托丽失踪了，杰夫想让我帮着设计一份启事。最近这段时间，我的收藏品带来了不少狂热粉丝。朋友和家人会抽空前来，仅仅为了参观、评判那些寻猫启事，同时不可自拔地将消息和评论塞进我的语音信箱。（"嘿，在主街上有一个不错的启事。那只猫超帅！""你不会相信我看到的启事……"）

老朋友们在全国各地寻找启事，一些热心肠的家伙甚至将它们寄了回来。无论启事来自哪里，比弗利山庄抑或是西雅图，都让我

---

1 乌龟的英文为 tortoise。

着迷。但我为自己设下了非正式的搜索准则。南茜·道尔必须在那些启事的原产地见到它们，只有如此，我才能有序地开展我的侦探游戏。"谁是主人？"我必须结合上下文，观察周围的环境，以及启事的所在地（比如商店橱窗、城市路灯、郊外的树上），再用我的直觉去分析已知的信息。但这一次出于纯粹的私人原因，我的优先事项有所改变。我必须远程帮助我的弟弟做一张启事，找到那位毛茸茸的亲戚。我切换到了危机扫除程序，就像急诊室的医生优先抢救重病患那样。杰夫从未关心过任何一只宠物，他对猫一无所知。而现在，一只青春期的猫咪正甩着爪子，大摇大摆地走在教堂山繁忙的街道上。"找一张托丽的照片，"我对杰夫说，"让瓦莱丽一块来做启事。"

"好的。"杰夫嘟哝着，他似乎相当投入。

"还有什么值得担心的吗？时间太短了，没有什么好沮丧的。这才过去了一天，猫喜欢到处乱晃，那是他们的天性。"

"你还记得那只兔子吗？"

我怎么会忘记？

当时瓦莱丽六岁，她的兔子本尼还处于幼年期，被落在了肯尼迪机场女更衣室的洗手台上。此前的一年我见过本尼，他很瘦，有着长长的手臂和后腿，耷拉的耳朵。他身上斑驳不纯的灰毛曾经是白色的。关于本尼最重要的信息是，他只和瓦莱丽说话。

杰夫在机场门口等瓦莱丽出来，然后一起乘电梯上楼，准备打车离开。等待出租车的时候，瓦莱丽突然大叫："我找不到本尼了。"他们冲回到机场，沿着原路跑进女更衣室。他们问了清洁工，以及周围所有的雇员——擦鞋匠、餐馆服务员，以及报摊店员。他们翻遍了里面的垃圾桶。瓦莱丽盯着机场里的其他孩子，怀疑本尼就在某个人手里。杰夫对失物招领处抱有希望，他们又风风火火地冲到柜台前，结果柜员给了他致命的一击，瓦莱丽哭得上气不接下气。

我弟弟不想离开机场，如果他们还待在原处，本尼仅仅是失踪，如果他们乘车离开，本尼就永远消失了。在前往我家的路上，杰夫决定为女儿买只一模一样的兔子。他给北卡罗来纳州的一家宠物店打了电话，也就是他买到本尼的地方。或许，一个替代品比彻底消失的本尼要好。它的味道不尽相同，也不会穿着手感一样的毛皮衣服，但第二好的选择总是值得一试。

我和杰夫等待着另一只兔子的消息，一边带着瓦莱丽乘船，环游自由女神像。那边答复终于来了，他们确实有一只相同的兔子，我俩激动万分，举手击掌。

"天大的好消息，"我对瓦莱丽说，"我们找到了一只一模一样的兔子！"瓦莱丽什么也没说，但笑了。几分钟后，我看见一滴眼泪从她的脸颊滑落。"宝贝，有什么不对吗？"她低着头，死死盯着水泥地。

"谢谢你，"终于，她哽咽着说出一句话，"但那不是一样的本尼了。"

三天后，在回程航班起飞的一个小时前，我弟弟说服了机场的失物招领处，让他沿着货架寻找失踪的兔子。在推开一个登山包和购物袋的时候，他的眼前出现了一双耷拉着的后腿，本尼就在那儿，等着他交保释金呢。我妈妈曾经说过："如果你想某件事驶入正轨，就得亲自动手！"杰夫说，仅仅是因为看到一个静止不动的东西，他比任何时候都还要兴奋。登机后，他给我发了一张照片，瓦莱丽抱着本尼，笑嘻嘻地坐在椅子上。"记住本尼那件事"是一个提醒，以及战斗前的一声呐喊，"托丽失踪了！"这足以唤起那时的无助感。

我和杰夫有着默认的共识，瓦莱丽是一个单亲家庭的孩子，我们不愿让她再失去任何东西了。如果我们足够坦诚，就会明白原因比这要复杂得多，远在软耳兔本尼或者长毛猫失踪以前，失去这种事早已重塑了我的生活，以及我弟弟的生活。我不想同瓦莱丽谈论死亡。一场失去足以唤醒众多类似的回忆，我开始想念家人了。在我稍微年轻时，我的朋友总说我的父母"很有趣"。他们称我的父亲为泰山，因为他英俊，同时有着运动员一般的体格。他曾担任一所中学的副校长，有情绪困扰的孩子会被叫进他的办公室，在那里，他教他们玩杂耍。暑假来临后，他就成了救生员，站在游泳池的深水区，像佛祖那样抿嘴笑着，挑战任何五个孩子和成年人的组合。我的弟弟们费尽浑身的力气也没能把他弄翻，他一辈子都在玩同一个游戏，从未输过，直到他在梦中猝然离世。一年后，我们的大姐朱迪死于脑血栓，那时她三十一岁。紧接着是我们的祖父母、我最喜欢的堂兄、我弟弟最好的朋友……他们都一一离开人世。

我的母亲则是一个性格复杂且难以捉摸的人，像一个武士那样面对死亡。她从康涅狄格州赶到洛杉矶去整理我姐姐的遗产，清点完后打电话给我说，她需要出去散散心，想开着姐姐那辆黄色的野马车来一次长途旅行。那时还没有手机和GPS，她就这么在西部消失了。我曾试图劝阻她，但我很清楚她已经下定决心。她喜欢开车，我知道她不会出意外。她不大合群，当一个人没有慰藉可寻的时候会去哪儿呢？她就这么失踪了。

十天后，她出现在纽黑文，叩开了我家的前门。

"你去哪儿了？"我问。

"我驾车穿过了沙漠，"她仰望天空，说道，"然后摇下窗子，冲着上帝呐喊，为什么？"

消失的家庭成员、朋友、宠物，以及毛茸茸的兔子，一定都来自同一片天空，象征失去与未知的乌云将他们吹散。我或许不想让瓦莱丽过早了解死亡的内涵，但我同样不想成为那种保护欲过度的成年人，像直升机一样俯冲而下，攫取所有潜在的伤害。到现在我还记得在10岁那年，我家的猫泰格被车碾过的那一幕。

托丽刚刚回家了。

最后，杰夫自己完成了启事，上面的照片很可爱，一只长毛猫静静地伫立着。他甚至写上了猫咪的年龄，十一个月又三周，精确得让我咯咯直笑。待瓦莱丽入睡后，他开着车在街区里四处晃荡，将托丽的照片钉在电话亭和树上。就在第二天，托丽匍匐于后院的常青树下，她自带的 GPS 导航系统带她回家了。她长长的毛拧作一团，带着细树枝和枯叶，她跑上楼梯，在门廊上等待着。当杰夫打开门例行呼唤她的名字时，发现托丽就在他的脚边，绕过他的小腿，无视他已经升起的怒火，径直走向食盆。瓦莱丽起床的时候，发现经历过一次漫长冒险的托丽正蜷缩在地毯上呼呼大睡，她大喊："爸爸，爸爸，托丽回家了！"

听到这个好消息时，我正坐在厨房，看着窗外的后院。我买下这栋房子已有八年了。桦树和高大的松树笼罩着象牙白的院墙，金银花围满了篱笆，晚开的花朵到处都是。我经常觉得自己坐在一个隐没于街区的英式小公园里，这里保留着我对母亲的回忆，是属于我的秘密花园。我给这个 18 世纪的家取了一个绰号"瘦艾克"。这栋建筑看上去是整个街区最糟糕的一栋，宽 7 米，高 30 米。我的母亲和朋友们都支持我的美好愿景。"有你在，它能变成一个让人陶醉的地方。"她说这话时，眺望着那些剥落的油漆和散落的瓦片。

她也极富远见，可惜出生在一个错误的时代。在 1940 年，为了帮助父母，她不得不放弃了大学学业。20 世纪 50 年代，她成为家庭主妇，每天看《华尔街日报》，投机，做兼职，给家里人吃中餐外卖。比起生孩子，她更应该从商或者环游世界，甚至去开一家侦探事务所。我对房子最深的印象只存在于我的想象中——母亲搬来与我同住，但事实上并非如此。在她坦陈自己的二期乳腺癌进一步恶化后，我想让她住进我的新家。我开始改造"瘦艾克"的一楼，让它方便母亲活动。只需两三个月，我们就能同处一个屋檐下了。

但这个时刻从未到来，我们失去了那个想象中的未来。就在她计划入住前几周的一个清晨，我们还通过电话商量如何装饰她的卧室。那天夜里，我接到了护士的电话。母亲因为呼吸困难主动办理了住院手续。当我赶到她的床边，她对我说："我很抱歉，不能和你一块住了。"

这是对我们亲密关系的一次深刻认识。对爱的渴望并没有让我变得更好，但朱迪过世后，我与母亲之间的心理距离反而消失了。我和她并非总能互相理解。不是出于爱的匮乏，而是冥冥之中的某种力量总会把你和你想亲近之人撕离。

对大多数青少年而言，十四岁是一个难熬的阶段。你仿佛置身于世界之外，焦虑万分地寻找自己究竟是谁。我比其他人更加恐惧，我不得不了解自己，又无力抗拒它带来的后果。我做了一件很秘密的事。在我生活的那个小镇的图书馆里，我找到了唯一一本关于同性恋的书，由一名医生撰写。"女同性恋者显得离经叛道，容易陷入自我陶醉，缺乏爱人的能力。"我坐在地上，背靠书架哭泣。我永远也不能爱了。

仅仅四个月，我的体重就增加了五十斤。我失去了许多朋友，辍学，不再打网球，用谎言掩盖这一切。我的双胞胎兄弟恰恰相反，是学校的优等生和篮球队主力。我非常小气地嘲讽他。

"天知道该对你说什么好了。"我母亲说。

"那就别说。"我回怼道。

到高中最后一年，我已经从记忆中把图书馆的那一天刻意屏蔽掉了。我抽上大麻，逃课无数，即便成绩合格，他们也断言我无法毕业。我怎么能够如此愚蠢呢？

在父母的怒火下，我躲回自己的卧室看书。我读到了凤凰涅槃的故事，这种传说中的神鸟，用火焰点燃身体，然后在灰烬中重生。神话给了我希望，让我感到一种寓言式的亲切。我知道凤凰的象征意义足以影响我以后的人生，也明白它是一个绝佳的预兆，因为它能指引我前行。如果我还想要健全地生活下去，就得接受自己焚毁自己的无止境悔恨。但我能够吸取教训，从错误的灰烬中恢复重生。

后来，读大学期间我去看了精神病专家。在他的帮助下，我明白了自己深度抑郁的根源——我是一个好人，恰巧还是个同性恋。

"我并不惊讶。"我告诉母亲时，她这么说，"但在我们面对面谈话前，我需要时间思考。"她哭了，但与我是同性恋无关。"我在意的是，"第二天她对我说，"比起我的其他孩子，世界只会对你更加苛刻。"

她转告父亲后，他对她说："她依旧是我的女儿，并且我依然爱她。"几个月后他去世了，所以我俩再没有谈论过这件事。

一年后，我的姐姐也故去了。我很担心母亲，我知道她俩的感情非常好，而我没法替代姐姐在她心目中的地位。我近乎偏执地打扫房子，不顾一切地寻找工作，一份具有发展潜力的工作。有一天，母亲来到我的公寓，一起吃午餐时，她发现我的状态近乎癫狂。我将内心的愤怒归咎于必须在隔日的面试上隐瞒自己的同性恋身份。"真实的我没有生存空间。"我冲她大吼。母亲以她惯常的实用主义论调试着替我出主意："先去面试，拿到工作后再表明真实的自我。"我如鲠在喉："你根本不明白，我伪装不下去了。"人们往往会忽视自己身边的事情，但我凭借直觉反而能够有所察觉。为此我付出了情感上的代价。

突然间，那个叫南茜的孩子开始抗争："你不在乎。"

"小心肝，"她说，"有什么不对吗？"

我们冲着对方大喊大叫。我告诉她这个世界不需要我。我看得出她试图去理解我，不过失败了，因为真正的对话在我的脑子里进行。

我不是你的心肝宝贝。我哭喊着。我清楚不能用这种方式和母亲说话，但我的思绪还在飞奔。一个母亲不能成为每一个孩子的全部。我的母亲是个很好的人。我的母亲也有致命的缺点。我的母亲隐藏了她所有的感受。我的母亲很爱她的孩子。我的母亲正站在我的客厅,穿着雨衣,试图帮助我。我在窗户前徘徊。我是一个失败者,因为我不愿跨过分界线,走进成年人的世界。因为在异性恋的世界,我只喜欢同性,因为……因为……因为……

"如果我们要坦诚以待,那就面对现实吧。"我自暴自弃地爆发开来。"如果你必须失去一个女儿,我们都知道你会选谁。"

母亲没有回答,还是那么有条不紊。她用淡褐色的眼睛看着我,目光宛如雨水般澄澈。她仍旧站在原地,放缓双肩。悔恨包裹着她,不是因为我说的不是真相,而是她不想让我感到不被需要,不受喜爱。她望向我的目光从未动摇,她是站在我这边的。这些年,我总想着从她那儿逃离,所以在发现我想和她谈心后,她惊讶无比。

这也是第一次,我懂得了她的想法:她已经失去一个关心她的女儿了。她认为我拒绝了她。

就在这时,我那两只猫一路追逐打闹着闯进客厅。白羊座是一只长毛猫,总是走在前面。罗希是一只橘色虎斑,偶尔会做错事。她们带来了节日般的欢快气氛,并且时间也恰到好处,因为我不知道该说什么了,或者怎么感谢母亲,感谢她没有因为炸弹爆炸俯下身子。

罗希在木地板上猛然右转时滑了一跤,紧跟着她的姐姐跳上了沙发。我轻笑出声,因为罗希总是这样。这一点愉快的火光瞬间让我产生了明悟,我明白了,我的灵魂甚至飞到了屋脊上,我完全醒悟过来了。"两只猫我都喜欢,"我不由自主地说,"但白羊座是我的最爱。"

"是哪只?"我母亲望着两只猫,又回看我。

"她跟我一样,是个惹祸精。"我坐了下来,罗希立刻趴在了我的膝盖上。"她有些傻乎乎的。"我说着,一面摇晃着她的爪子。

母亲点头,她明白这事就算过去了。

我不记得接下来发生了什么，或许树上掉下了一片叶子，或许电话响了，或许我去换衣服了。我们出门吃饭。第二天，我找到工作了。

在她生命的最后十年，母亲将我当成最好的朋友。她会分享她投机时干过的蠢事，对股票的预测和一些看法——完全是她主动的——对任何事物的看法。

如果她喜欢什么，就会假定我，或者说希望我也会喜欢。有段时间，我迷上了一部叫《家族风云》的肥皂剧，完全是因为她的缘故。我们一起去看电影，一起长途自驾，一起去挑选将来可能会共住的美丽家园。

她不喜欢猫，但对查克另眼相看。有一天雷阵雨特别猛烈，她还打电话来关心查克有没有回家。"我为他留着前门，"我告诉她，"而且，他不需要天气预报员也能预知冰雹从哪个方向落下。"

母亲很高兴看到自己的孩子逐渐成熟起来，与之对应的是，我的经历也不同寻常起来，因为我感受了她隐藏在坚韧外壳下柔软的一面。在她放下顾虑，不担心我会伤害她之后，她向我分享了她的孤独，她从未说出口的梦想，以及她对她的四个孩子不可动摇的爱，即使他们曾经伤害过她。

我的许多客户都渴望与父母更加亲近。"有时候会有这种可能，"我对他们说，"但首先，你得接受彼此之间的爱有多深，伤害就有多深的事实。之后，你必须像孩提时那样毫不记恨。"

这并不容易。我母亲总是念叨："南茜，你能涂点口红吗？""你能取消客户的预约，和我去海滩吗？""我觉得你应该和某某一起回去。"而我只能用插科打诨来平息内心的恼怒。

当然，我也会烦扰她。"你预约医生了吗？""你还在投机吗？""冰箱里只有垃圾食品了！"

母亲去世后的几个月里，醒来后我都会看着厨房的窗户发呆。

我悲恸万分。随着我的成长和转变，我害怕她会以静止的方式存在于我的记忆里。但她说过的话和我们共有的经历，仍旧充满活力，和我的生活息息相关。我终于发现了口红的好处，可是太晚了，她无缘得见。但偶尔涂上口红时，我想："妈妈，你会为我骄傲的。"

我母亲去世时，瓦莱丽只有六个月大，但托丽的消失意外地将我的记忆联系到一块：关于爱的形状，从过去到如今。弥补修复的过程，也是爱的一部分。凤凰涅槃的神话一直陪伴我左右，从十四岁那年我被宣判"无法爱人"到现在，我一直在努力去解除那道诅咒。让我悲伤的是，所有的关系——配偶、朋友、家人，以及宠物——都让我心存忧虑。作为一名成年人，我知道这种担忧老套并且不合常理，多数人都不能很好地表达爱意。那个女孩的幽灵仍旧在游荡。几年后，在我的寻猫启事冒险之旅结束时，她又重新找上了我。

HAVE YOU SEEN OUR CAT?

$1,000 REWARD!

Help us find 'Shelby.' 7 YO Female. De-clawed front paws. Loud meower.
Reward for her safe return. No questions asked.
We're heartbroken as is our 4-year-old son. Please help.

Please call (212) 555-6192.

第七只猫　谢尔比

　　我是一个得过且过的心理咨询师，迈着慢吞吞的步伐前往工作地点，此时我本该为在曼哈顿新租的公寓准备一份待办的事务清单。卡莉丝去了纽约大学读书，这让我宽慰不少。我们相识已经有六年，当时我在城里开展心理治疗，每周坐诊两天。我会在好友家的客房睡一晚，第二天上完班后，再乘火车回纽黑文。由此，我拥有两个世界最美好的部分：纽约让人兴奋的物质文明和康涅狄格州舒适闲暇的生活节奏。卡莉丝搬来后，我依然如此生活。

　　过了三十岁生日后，出于对英语文学专业失业率较高的担心，卡莉丝决定主修社会学。在那个时候，我们已经在一起两年了。选择纽约大学让她倍感压力，连带我也变得紧张起来。我们在切尔西租了一所美丽而充满阳光的工作室，面积比一辆大众车略大一点，同时保留了在纽黑文的房子。有一段时间，因为分处在不同的城市，我们甚至无暇见面。我们之中必须得留一个在纽黑文陪查克，他完全不适应纽约的环境，寓所的窗户打开后正对逃生通道，更让他万分痛苦。

我们喜欢纽约的生活，但狭窄的空间给我们的关系带来了挑战。当我想独处时，只能站在厨房吧台，背对着卡莉丝，然后拿起一本《名利场》。她则在另一个角落玩电脑上的蜘蛛纸牌游戏。另外，锁上浴室门，洗一个冗长的热水澡，也不失为享受私人空间的一种好方法。我们都认真学习过公寓生活的行为准则，例如，晚上去电梯旁的垃圾槽扔垃圾时，应该穿什么样的衣服合适？是穿睡衣，还是浴袍？反正，像楼下某个女士那样穿着贴身内衣在走廊里招摇之类的事情，是绝对禁止的。

前往五金店的路上，新的发现让我目眩神迷。"谢尔比有一张完美的启事。"在纽约上下班的高峰时段，我自言自语道。然后我问自己："哪种人会因为发现一张寻猫启事而兴奋不已？"我的脑海里立即浮现出一个形象——《魔戒》里的咕噜。[1] 我从人行横道边的杆子上偷得一张寻猫启事，心想，*我的宝贝*。

如果是我来颁发设计奖，谢尔比的启事理应获得最高荣誉。启事上质量出色的照片、制图方式以及文字完全吸引了我。*你看见我们的猫了吗？* 尽管这段话不像是在公开声明，但很契合主人亲自向我求助的语调，态度非常诚恳，以至于我想拼尽全力找到那只猫龄为七岁的谢尔比，那只被称作"话匣子"的小可爱。

启事左侧的照片是对一个经典时刻的捕捉——小猫在干洗机里玩耍。右边的照片则展示了她安静时的姿态，伸直了后腿，露出爪子上光滑洁净的粉色肉垫，表明她从未踏足遍布沙砾的野外。很容易就能猜到谢尔比是一只受保护的家养城市猫。而她的主人，我觉得应该从事时尚、广告，或者美术之类的行业。

从视觉效果上说，这份启事拔得了头筹，而其中的文字读起来

---

1 咕噜，小说《魔戒》中的角色，受魔戒引诱，长生不死，同时失去本性，终日抱着魔戒呢喃着"我的宝贝"。

更像是紧急求救信号。她于昨天走丢。一千美元的奖金用红黑色标注，以此吸引观看者的注意力。但比悬赏金更醒目的是，是诸如"安全归来才有奖金"以及"不回答任何问题"的语句。谢尔比的走失不是什么巧合，她的家庭用保释金交换她的安全，把赎金说成了奖励。这会变成坏人的动机吗？或者让一些无关的人为了这笔钱帮忙寻找谢尔比？

在南茜·道尔的探案集里，谢尔比的家庭会试着联系她，让她作为私家侦探。但在看过寻猫启事后，南茜会抬起头道："我提供免费援助。"然后他们的眼中饱含眼泪，那个四岁的孩子会说："拜托了，请一定要找到她。"最后母亲会露出一个备受鼓舞的微笑。但这不是幻想小说，这是现代的丛林社会，谢尔比的家庭得自己出面跑腿了。或许有些人会嘲笑那个一千美元奖金的点子，但我清楚，许多宠物的主人，如果他们承受得起，也会付出类似的金额。然而，我不知道奖励在宏观上的可行性。它们真的能激励公众搜索失踪的猫？宠物爱好者不是因为感同身受，进而帮忙寻找吗？寻猫网站建议使用奖金，但在我看来，一份启事能让主人拥有些许舒适感，以及某种程度上的控制力，而赏金则是一个光明未来的赌注。按照这个思路，至少金钱能促使公众继续寻找我的猫。

但公众对奖金的反应非常复杂。有一天，我搭乘火车，邻座的女士瞥见我的电脑屏幕，询问我是以什么为生的。她抬得高高的下巴干扰到了我。"我是一名作家，只写猫。"我给出了一个自认为最罕见、最出乎意料的答案。结果她立刻讲述了一个邻居家庭为了寻猫给出的五千美元奖赏的故事。"那简直太恶心了。"她跟我说，"我给那家的母亲打了电话，告诉她这是在给她的孩子树立错误的价值观，那些钱应该捐给穷人，或者用作慈善。"她看着我的眼睛，这个自以为是的家伙以这种方式寻求肯定。我只好盯着她的钻石戒指。

在主题工作日的最后时段，我终于能和谢尔比的家庭通上话了。主题工作日是我自行命名的，只有到了当日，我才会意识到这件事，因为整整一天从不同的人那里听到了相同的事。"真希望能有更多朋友啊"，"我忘记带我的记事本了"，以及"我真不想做心理治疗了"，都是很流行的话题。那一天的主题是，寻找一个得体的公寓是如何艰难（"蟑螂都会嫌弃我看过的公寓。""那个公寓只塞得下烤箱和冰箱。""那是个不错的公寓……在卡拉 OK 厅隔壁"）。我表示同情。我仅靠口头描述就找到了现在的公寓，只花了 20 分钟便下定了决心。

一个月后，我才致电谢尔比的主人，期待他们家已经找到她了。我没料到的是，这一天的主题还在继续，谢尔比，似乎是从一间锁上的公寓里消失的。"我们是唯一有钥匙的人。"当我们通话时，杰奎琳这么对我说，这里的我们还代指她的丈夫和儿子。"当然了。"犯罪现场让人困惑不已，没有强行闯入的痕迹，可以肯定也没有人使用过那把钥匙，他们从未把钥匙放在邻居手里。实际上，他们从未有过备用钥匙。按照他们家的惯例，在出远门前，总会摆上大量的食物和水，而不是让邻居上门帮助。

"这可是曼哈顿，"杰奎琳挖苦道，"我们都很热忱，但绝不亲近。"现在带着红酒和芝士挨个询问邻居你偷了我的猫没有，显然太晚了。

在这一点上，我和杰奎琳站在一边。我表达了自己的身份："我也住在纽约。"我那没有带钥匙的邻居，有一次在午夜敲开我家的门，沿着我家窗户爬上了逃生通道，溜回到她的公寓。我穿着破破烂烂的短袖衫和运动短裤接待了这位客人（卡莉丝穿着画满鸭子的毛绒睡衣）。一周后，我在电梯里撞见了那位邻居。我向她问好，她点点头，一面盯着墙上的按钮，好像上面潜藏着达·芬奇未揭示的密码。我低头看看我的牛仔靴，沿着皮革上的针脚寻找答案，是因为我没穿睡衣还是改头换面了？我热切地等待着下一次机会，当她来敲门的时候，我绝不回应。在随之而来的清晨，在我的想象里，她会躺在大厅，面朝下，正对着自己的普拉达包。

"谢尔比的消失让人难以置信，"杰奎琳说，"甚至不像是会真实发生的事。"感恩节全家人出城玩了两天，回家的路上，他们还在期待谢尔比的欢迎仪式，她会冲到门口来回磨蹭大家的小腿。

他们搭乘电梯回到三楼的复式公寓。电梯里没有按钮，而是通过钥匙插入墙面板来选择要去的楼层，每一把钥匙只对应一个特定的楼层，电梯门也只会在该钥匙对应的楼层打开。这家人的复式公寓覆盖了整个三楼，所以当电梯门打开时，他们就直接走进了家门。

"当时我们还在开玩笑，谁会是她第一个磨蹭的对象。可当我们回到家，没有谢尔比，哪里都没有！"

好奇心占据了首位，全家成员各自选择了一个方向，检查谢尔比最喜爱的睡觉地点。当他们检查完这些地方后，他们又想出了新的角落。当这也无济于事后，他们改变了主意，决定寻找一个解释。

"电梯也属于安保系统，"杰奎琳的语气中充满了疑惑，"可能被人破解了。"尽管公寓里有一些窗户和一扇后门，但它们都从里面锁上了。"你可以想象，我们非常想找到谢尔比，但我们也很害怕，万一有人闯进过房子呢？我们四处寻找，想确认还有没有东西丢失。"

"抽屉里、衣柜里，没有一件东西失窃——除了谢尔比！"杰奎琳有一种令人愉快的嗓音，激昂顿挫，极具智慧和感染力。她的用词很容易让人感同身受。它们没遇上任何长期的情绪冲突，和悲伤捆绑在一起。没有恐惧，没有犹豫，没有情绪，杰奎琳拥有新书推送广播员一样的声音，足以让人清醒，离开被窝。即使我从未见过她，我也知道她很漂亮。

杰奎琳和她的家人敲响了邻居的门。有谁见过谢尔比吗？有人失窃了吗？这栋楼发生过什么不寻常的事？听上去都是一些简单的问题。

通常情况下，这对夫妇的问题会被这种方式回绝："我不喜欢猫。"就好像这句话能解释一切。随着谈话的深入，不安的情绪逐步高涨，他们急切地想要推行下一步。只要他们找到一个愿意相信的人，或许就能挖掘出相关信息。谢尔比可能在这里，也可能在那里，也可能哪儿都没有。"每个人都表现得像是在守护机密文件。"杰奎琳疑惑地说，"而我们只想找回自家的猫。"

终于，一位女士道出了蛛丝马迹。假期里，有人（这位朋友希望保持匿名）在没有通知任何一名住户的情况下，叫来了公寓的电梯维修人员。杰奎琳夫妇由此拼凑起一套说法。维修工从地下室开始作业，但没有走进电梯，只是让它在每一层打开，然后关闭。对于谢尔比来说，电梯的上升是家人归来的原始信号。她从睡梦中醒来，开始咕噜、哼哼、鸣叫的三重奏。为了迎接家人，她坐在电梯门口等待其打开。然而这一次，到达谢尔比楼层的电梯厢是空的。这仍旧触发了她的欢迎仪式，当门打开的时候，她极有可能跳了进去，而在她退出以前，门已经关闭了。

直到电梯门在顶楼打开，迷失了方向的谢尔比都可能还没出来。杰奎琳拜访了五楼的一户人家。一位住在五楼的男人将谢尔比交给了另一户邻居，但她去市区了，然后"去市区的这位"把她扔给了四楼排练室的一个舞蹈团（这栋楼是住宅和商业的结合体）。杰奎琳站在工作室外面，听着几位舞蹈演员讲述了她已经听过的、未经修饰的故事版本，但紧接着，他们补充了新的一章。

"他们说那只流浪猫从四楼的窗户跳下去了，"她用怀疑的语气对我说，"当他们跑下楼，走到街面，已经找不到她了。"

　　我只觉泪水在眼眶打转，甚至害怕听接下来的故事了。尽管被这条消息震住了，杰奎琳仍旧试着整理思绪。那位舞蹈演员的叙述简化了整个事件，只是指出了一连串故事是如何产生的。但谢尔比是一只胆小的猫咪，在混乱的排练中，她不可能坐在一扇打开的窗台上，更不可能往下跳，那无异于冲进深渊。

　　"我不敢相信会发生这种事，"杰奎琳感慨道，"简直不可思议。他们清楚她不是一只流浪猫。她看上去只能是家养的，非常干净，还做了去甲手术。然而因为某些原因，他们不能在人行道上定位一只从四楼掉下去的宠物猫？"

　　这其中的可能性让人担忧。杰奎琳的意思是，那些舞蹈演员将谢尔比丢出窗户了？或者她只是掉到街上然后失踪了？或者那些人从未下楼寻找谢尔比？"那些跳舞的把她放到了街上。"杰奎琳说，"在一个寒冷的夜晚，还是感恩节当天！"

　　与此同时，杰奎琳将舞蹈演员的虚构情节抛在脑后。她询问了在同街区工作的店主，以及住在附近的朋友，他们纷纷表示在谢尔比走失那天，所有人都听见一只猫喊叫了三个小时。尽管杰奎琳有些失望，但她明白没人愿意参与到自己不了解的事件中。"尤其是在纽约，他们甚至不清楚那是一只野生猫，还是别人走丢的宠物猫。"她说着。

　　即使你无能为力，也会情不自禁地思考，杰奎琳那栋公寓的住户到底怎么了？有人彬彬有礼，也有人漠不关心，甚至还有冷酷无情的家伙，无论这种冷漠是由何种原因造成的，是因为与物业公司、房东、居住者的矛盾，还是因为无法适应公寓自身的文化，这栋楼的住客都为他们的冷漠付出了代价。不知为何，人们愿意付出高额的房价住在这座公寓里，哪怕这里无人领导，缺乏信任，没有开放的社区、义务，以及归属感。"我们都很冷漠。"杰奎琳曾经说过，她和她的丈夫也是这个系统的一员。

这些人无法抑制他们的私人欲望，即使是在一块合作几个小时，解决一只流浪猫的问题。那位叫来电梯修理员的住客，他的身份成了一个见不得光的小秘密，这其中的原因，我看得再清楚不过了。任何一个由个体作出的决定，都会被住客们当成替罪羊，并试着朝他投掷飞镖。

"很委婉的说法，"我笑道，"下面是我的看法：你还不够勇敢。"经过几年的经验积累，我变得跟侦探一样大胆了。真相在前面招手——而杰奎琳的邻居蛮横，不讲道理。

我听到一阵细微的笑声，然后她开口道："楼里的情况比我想象中还要严重。"

到了这个阶段，我想我应该继续探究根源。难道谢尔比住在一个道德沦陷的地方？还是这栋楼的文化属于纽约的常态？尽管我的邻居傲慢自大，冬日的供暖令人呼吸困难，以及电梯反复出现故障，总的来说，我还是很喜欢自己住的公寓。大部分住客的性格友好，剩下的几个顶多是不够有趣。我准备去采访几个朋友，那种土生土长的纽约客，让他们描述自己公寓楼的人文氛围：是《蒂凡尼的早餐》还是《后窗》？重点是，在谢尔比的公寓里，仅仅用了几个小时，他们将谢尔比七年的宠物猫身份变成了无家可归的流浪汉。

一家人用宽大的单面胶粘贴着谢尔比的启事，缠绕在每一个电线杆和邮箱上，从东到西，他们足足贴了十个街区。

"有两份启事，"我说，"有一份看上去有希伯来或者阿拉伯语。谢尔比照片下的弧线有什么特殊含义吗？"

"我儿子试着帮忙，"杰奎琳的回答充满了暖意，"他只有四岁。"几小时后，就在他们贴完最后几张启事时电话响了，是杰奎琳的朋友来电献计。她应该咨询一名"城市动物追逐专家"。杰奎琳从未听过这种职业，我也是。

理查住在格林尼治区，拥有城市动物追踪专家的头衔，值得一提的是，这是他自创的。他追踪过中央公园的野生动物活动范围，包括浣熊、狐狸、乌龟，以及偶然迷路的郊狼。他也会帮人在城里寻找丢失的宠物。他就是杰奎琳需要的那种中间人，21世纪打破常规的侦探。

接到杰奎琳的电话后，理查立刻搭着出租车进城，他向这家人展示了寻找谢尔比的方法。利用一块她留下了味道的布片，他搜索了自己想象中谢尔比可能的藏身点。他检查了货箱，被冻住的垃圾桶，暴露在外的管道口，甚至建筑物外的缝隙。他们在这些地方留下了她最爱的干粮。"他待了好几个小时，"杰奎琳说，"他人很好，拒绝让我们付款，我们感激不尽，但还是没能找到她。"

楼下的城市生活依旧喧嚣，一家人正勉强维持着没有谢尔比的生活。然后，就在谢尔比失踪五天后，一位陌生人来电。杰奎琳称他为"那位绅士"。这位绅士是和他的几位伙伴一起来到这里，这些音乐家挤在同一间录音室里，在一个离杰奎琳公寓不远的角落。那周早些时候，他们发现一只猫坐在路中间，就在录音室的门口。他们认为这只猫属于屋主，于是将她救下，远离寒冷。一天晚上，就在前往录音室的路上，这位绅士发现了寻猫启事，驻足阅读。当他到达工作室的时候，他觉得几位朋友救下的猫正是谢尔比。但猫仍旧躲躲闪闪的，几个音乐人的记忆都有些模糊了。他们搞混了颜色。那位绅士想让他们看一下启事，所以他拿起夹克往外走。几分钟后，他拿着启事回来了。那只被救下的猫的确是谢尔比。

接到那位绅士的电话后，杰奎琳抓起一个装满干粮的盒子，径直跑到了工作室。"我摇晃盒子，同在家时一样，可谢尔比没有现身。"她说。那位绅士和她一起搜索了工作室的周围。很快，谢尔比用粉色的鼻子顶开了窗帘布。

谢尔比的生活恢复了昔日的荣光。她的气质仍旧甜美可人，唯一的变化在于她坚持要每天和四岁大的儿子睡觉，换成以前，她只是偶尔这么干。她也不躺在床脚了，而是趴在枕头上。这不是什么新鲜的故事。大部分主人表示猫归家后毫无变化，还有一些老年室内猫不再跑到门口，寻求新的冒险。他们已经看到了世界的另一面，但那里并没有食盆。

对谢尔比的归来，杰奎琳欣喜若狂，但她无法抹去那种幻灭感。她带着猫去见兽医，进行找回猫之后的例行检查。医生的诊断终结了舞蹈演员的谎言。当一只猫从四层高的建筑掉下人行道时，你会发现一些碎掉的骨头，或者断裂的下颚。兽医几乎可以肯定，谢尔比从未坠楼——她的耳朵有一道小小的伤口，大概来自一只真正的工作室猫咪。

"我想不通。那些跳舞的把谢尔比丢到街边，没有邻居在乎，"她抱怨道，"五天的悲痛欲绝。善良和仁慈都去哪儿了？"

这是一个特别难以问答的问题：为何那么多的人都不再传达友善了？杰奎琳的提问假设了这种善意的存在，但从谢尔比的例子里，却没能证明这一点。她的观点，和最近的共情观点有异曲同工之处。我们明白人类的侵略性是天生的，但友好也是与生俱来的。人们会因为帮助别人而感觉良好。十八个月大的婴儿会帮一名不认识的成年人捡起掉落的物件。到了三岁，儿童会因为另一个孩子的善意而更加温柔地与对方相处。

这种先天的倾向是如何被摧毁的？有种理论认为，随着你的成长，你必须在自己的需求和别人的需求间进行选择，而这产生了一种内在矛盾。如果仅仅是这样，那还简单一些。共情心理的研究告诉我们，友善的发展始于三周岁，群体认同感也于此时建立。生活变成了你、我，以及群体价值观的平衡。道德困境来自它们之间不可调和的矛盾。

曾有杂志如此描述，如果你在后院门口捡起一只被陌生人抛弃的猫，那你就不能一走了之，让他露宿街头，无意中，我们承担了某种义务。随着谢尔比被转手了一次又一次，感同身受也变得越来越少，整个故事大概缺失了内容和共鸣。"一只走丢的猫，流浪猫。我从未见过她，我不认为她住在这栋公寓里。"

那些舞蹈演员逃避共情，同时想摆脱道德责任。我能如此肯定，如果只是将一只流浪猫放到街上，他们无须集体撒谎。而一个谎言还不够，他们还编造了第二个，更没有人说漏嘴。我试图让杰奎琳开心些，告诉她像理查和那位绅士的善意足以抵消公寓里稀缺的友好。随后，我同她分享我听过的趣闻轶事，那些救援者们，无论他们爱不爱猫，都拒绝收取主人的感谢费，甚至从未考虑过那种事。"多少让我对人性有了信心。"她说。

"谢尔比的寻猫启事夺得了最佳设计奖，"我对她说，"信息明确，照片也很棒，那些图片都很吸引人。"

"我的丈夫是一位摄影师，"杰奎琳笑道，"他会为此感到骄傲。"几天后，我和罗素在咖啡馆碰头。罗素是一位性格宽厚、拥有自己产业的生意人，住在纽约西村。当我们谈论到猫时，他率先说道："我不喜欢猫。"那种态度就好像我得了健忘症——他每天带着自家的西施犬上班。"如果我在电梯里看见一只陌生的猫，我很可能不会走进去。"

我不由自主地问："为什么？"

"因为我可能被殴打致死。"

"你是个成年人，对吧？"

"好吧，我用了夸张手法，"他让步，同时解释道，"但我不了解这只猫，我甚至不清楚它是否去爪。我不会去检查它的爪子，那可能会抓伤我。我不想踏足这事，我压根就不喜欢猫。"

这种宣言你听过多少次？"我不喜欢猫。"如同一个拒绝承担责任的万用语。这世上，有多少种形式的"我不喜欢猫"？

第一种："我不喜欢任何的两足，或者四足生物。"

第二种："我不喜欢动物。"

第三种："我讨厌猫，他们鬼鬼祟祟的。"

第四种："我只喜欢狗。"（同时抬起了下巴）

以上四种类型拥有道德分界线的自由通行证，我清楚这种自我安慰的好处。

"你在电梯里看见过一个公文包吗？"

"我不喜欢公文包。"

"你帮助了那位在电梯里心脏病发作的男士吗？"

"我不喜欢心脏病。"

"电梯里的那只金毛寻回犬，你带去哪里了？"

"那只陌生的金毛寻回犬？他正打算进城，所以交给别人了。而第二个女孩也不喜欢金毛，所以将狗交给了一群舞蹈演员。他们将金毛放到了阳台，而忘记了考虑高度，他从四楼掉下去了。他们跑下楼寻找，但狗已经无影无踪了。"

"那至少得在休息室留张字条吧？"我问罗素，他点点头，表示当然会这么做。

"如果你在休息室看见一只小小的土狗，你会怎么做？""那就不一样，"罗素说，"那只狗肯定走丢了！"

我又问了一位我尊重有加的朋友，同样地，她也不喜欢猫，对方是伯克利本地人，也住在公寓里。"我对他们过敏，"她说，"但我会将猫放在休息室，留下一碗食物。如果正好处于假期、周末，人来人往的，猫被援助的概率会大很多。做一份寻猫启事也行，要不然就致电给物业管理公司，告诉他们我发现了一只猫。"她深吸了一口气，继续道："杰奎琳的公寓不大对劲，她应该搬出去。"

是什么让谢尔比回家了？那一定是利他主义和仁慈，而不是奖金。当我们回头审视时，人们对待走失的猫的态度，可以反映出他们处事的慷慨与换位思考的程度。打着"喜欢猫"或者"喜欢狗"的标签毫无意义。是谁让谢尔比回家了？拥有外向型人格的人显然是一个不错的解释。或者说，那是一位在乎杰奎琳和她家庭的人。他不住在公寓里，他接受情感的天线没有因为常年陈腐的团体而老化。他只是一名局外人。就像电影里会发生的那种情节，一个陌生人来到了城里，用自己的道德标准改善了邻里之间的关系。他拥有善良可敬的品格，我们甚至不知道他的名字，只是将其简单地称为"那位绅士"。

Missing Cat

White & Black, Hairy, Male, No Collar.

Call: (272) 555 3164

Reward!

第八只猫　猫咪

　　这份寻猫启事涵盖了四个要素："白色""黑色""男孩"，以及"没有胸牌"，第五个词，我反复检查，再检查，竟然是"有毛的"。这算什么特征描述？

　　南茜·道尔将这份启事读了两遍，随后又看了第三遍。我扫视街区、公园里的猫、成排的房子、纵横的小路，以及张贴着启事的电话亭。所有的一切都平淡无奇。有那么一瞬间，我怀疑自己踏入了平行宇宙，在这里，所有的猫都没有毛，然后这只有毛的猫离家出走了。谁会认为"有毛的"是个不错的形容词？即使是孩子，也会更倾向于用"毛茸茸"之类的词。

　　然而它击中了我。我意识到这里毕竟是纽黑文，有成堆的电脑代码，以及爱唱反调的年轻男性。或许是几个耶鲁大学联谊会的成员为了模仿大卫·莱特曼[1]而玩的一个游戏。实际上，我甚至能够想

---

1 大卫·莱特曼，美国脱口秀主持人，节目以讽刺幽默为主。

象出这样一个晚会，他们搬来成桶的啤酒喝得烂醉，房子里的猫走丢了。"你如何形容走失的猫？"酒量最好的那个人答道："有毛的。"

这类人多半是为了彰显风趣，但很多好心人在制作启事时容易犯错。很多主人忘记了最基本的概述，比如说颜色、性别，常在哪里出没，猫的个性，等等。用这份启事举例，它缺乏最根本的信息：日期、时间，以及消失的地点。

还有的主人纠缠于旁枝末节，他们执着于那些并不重要的东西，如，猫的体重，甚至精确到克。除非猫患有厌食症，或者胖得系不了鞋带，描述体重只会增加不必要的误解。再说了，如果我捉到了一只流浪猫，怎么也不会将他摆到秤上。丧失理智的主人甚至会写出"和其他猫完全不同"，"请缓步靠近毛毛，她很容易害羞"，以及"害怕大分贝噪音"一类的句子。

如果一张启事涵盖了所有的视觉信息，再良好的意图也会被时间侵蚀得一干二净。很多主人没有意识到，在公众眼中，这些猫走失已久，即使碰巧看见，他们只会在启事前停留片刻。最好是定期换上新的启事，并且填上最新的日期，至少将"仍旧失踪"用新的便签覆盖住。一张寻猫启事保存完好，缺少风吹日晒的痕迹，才能让人意识到它刚张贴没几天。二月的天气不至于将它吹下电线杆。我期待与主人见面，像他这样的大学生不知有多少俏皮话。而紧接而来的当事人，让我庆幸自己没有太过笃定。

"你知道他在哪儿吗？"我电话打过去时，金姆这么问道，"你发现我的猫了？"早些时候，就在中午，她和年幼的儿子驾着车在街道上转悠，张贴了更多的启事。两个月前，她制作了第一批启事，但冬季的大风将它们通通吹走了。

起初，我觉得她不明白我来电的目的，于是我试图解释。待我说完，她问："你觉得我能找到自己的猫吗？"在前一天的夜里，她做了一个找到猫的梦，并认为那是一种预兆。

她那悲伤的问题悬浮于空气中。"你认为他会回家吗？"我与很多沮丧的猫主人聊过天，但金姆是唯一一位想听预测结果的人。我还在脑海里搜索着替代的词语，比陈词滥调的安慰更好的词组。她又问我相不相信那个梦是一种预兆。

碰巧，我热衷于解析梦的含义，同时我也非常谨慎，避免将象征意义附加在别人的想象里。梦可能是一种预感，但我怀疑眼下的情况不属于此例。梦亦可以成为现实生活的替代品。它是我们内心潜意识的具象化，以及对自我原型的探索，比如说战士、母亲，或者魔术师。

我一度遇到过四年之久的系列梦境，来自我的一位患者，她感觉自己被男朋友轻视。在我们的疗程中，斐丝——这位年轻、单身、没有孩子的患者讲述了一场让人不安的噩梦。她将一个婴儿从桥上抛落，并看着他溺水而亡。我们都认为那象征着她被摧毁的感情世界。她憎恨自己的软弱，同时无力满足自己的需求。

在第二年的治疗里，她梦见自己怀胎九个月，但无法生产。第三年，她梦见自己分娩，但在那之后，婴儿不见了。一个标志性的梦境在第四年出现了，那也是她治疗的最后一年，在梦里，她成为一位三岁女童的母亲。几乎在很短的时间里，斐丝结束了那场令人泄气的爱情。"我太在乎和他在一起的感受了。"

"有时候，我相信梦境。"我对金姆说，"你也相信吗？"

"有时候。"她回答后，陷入了沉默。

"在你贴出启事后，有人打来电话吗？"

"只有一次，"她说，"看上去像是我的猫，但其实不是。"猫咪实际上是中文猫的读音，金姆解释道，它听上去像猫叫声，而我错误的读音引得她发笑。

猫咪五岁了。

我发现，作为猫主人，金姆处在一个完全不利的时间表里。有一天，就在金姆工作时，她的室友打来电话，家里的猫不见了！室友和她的男友不清楚是怎么一回事。当然了，金姆想即刻展开搜索猫咪的行动，但她是一名医生，就职于耶鲁大学纽黑文医院的住院部，那时候，她恰巧处在三十六小时的轮班中。她只能向同事求助。"谁能跟我换班吗？拜托了。"但这并非某位家庭成员逝世，只是一只猫。他们安慰她道："他会回家的。"

轮班结束后，她已经累得不行。她制作了一张启事，扫描、打印，然后贴满了整个社区。她搜索了一个小时，才不得不回去睡觉。她躺在床上，沮丧而失望。一天后，她感觉好了些，一部分线索展露了出来。

无视公寓禁止吸烟的规定，室友的男朋友在厨房里一边偷偷吸烟，一边打开后门让空气流通，被猫咪发现。这只室内猫一溜烟就跑进了黑夜，就像将尸体藏进了汽车后备厢。这样的秘密总得有倾诉的时候。猫咪走丢了，面对愧疚不已的女朋友，他最终坦诚了事实。而她则传递了一个更为婉转的真相。"我能接受意外事故，但他简直是一个懦夫，"金姆说，语气里充满了鄙夷。"尊重都去哪里了？"

然而障碍已提前设下。就在猫咪失踪后的一个月，她公寓的租期结束了，她必须搬到另一个公寓。但每日下班，金姆都会回到老社区，继续搜索，希望猫咪仍在附近。曾经有一次，猫咪从门口溜了出去，跳到了围墙上，大概十秒钟后，他又沿着之前的轨迹跳了回来。

她的猜想存在着一定的可能性。一些研究人员相信猫只会在几栋房子间穿梭，他们藏起来仅仅是出于恐惧。随着时间的推移，他们对新环境的气味逐渐熟悉，躲藏的地方也就成了新的家园。即使主人呼唤他们的名字，他们的本能也会强过与人类建立的关系，于是他们继续躲在原处。

寻找室内猫和放养猫是两种不同的策略。对于一只失踪的放养猫，考虑他是否被困、受伤，或者死亡至关紧要。而室内猫失踪则需考虑这个问题：他最有可能躲在附近的哪个位置？

"我还需要登广告，放照片吗？"金姆问我，她回到自己最关心的问题上。她已经在自己住的社区搜寻了一个月。在憧憬的理想和实用主义间摇摆不定。那些憧憬给了她继续搜寻下去的动力，但她被困在两种恐惧里，是她太过现实，还是过早地放弃了？"是不是太迟了？"

我沿着窗户往外望去，道路上的积雪浑浊不堪。外面刮着风，只有灰色的树木，尽管是中午，天已完全黑了，我不认为这只室内猫能在二月的寒冷中存活下来。在谈话中，我提到了猫咪可能被一名好撒玛利亚人拯救的猜想。但我不想将一切说得过于武断，金姆未必能接受这些看法。我认为，我致电的目的仅仅是聆听一个已经发生的故事。

我作为治疗师的培训开始起作用了。

控制治疗时间是很微妙的事，尽管金姆不是我的客人，我仍旧能够看出，她正试着说服自己。但有时候，奇迹也会发生。

"或许，有人收留了他？"我用不确定的语气说道。

金姆没有说话，这样的沉默持续了一段时间。我并不急着去打破这种沉默。没有说话也是一种表态。或许她无话可说。我的安静能帮到她吗？还是让她更加难受？我是否越界了？我没料到自己会为一位失去猫的主人指明出路。

大概二十秒钟过去了，她打破了沉默，但声音绷得紧紧的："他死了。"她说。

这不是一个问句，也不是对我讲的。她只是对自己宣告。

"以前，他很黏人，只待在家里。"她说，"他喜欢坐在我身边，他不喜欢被人抱着。"

这是悼念的显著特征，金姆的用词在过去和现在里切换。"他会坐在我的椅子上。"她说着，然后重复了一遍，"在我学习的时候。"有那么片刻，她显得格外平静。"他很滑稽。"她又停顿了一小会儿，将悼词搁置到一旁。

我会对那些陷入悲伤的人说，无论是分手，经历身边人的死亡，抑或是自然灾害，你至少需要四个季节才能痊愈，因为记忆会被习惯唤醒。有些客人讨厌我的预测，有一些则心情放松了不少——不是因为他们疯了，而是他们渴望更多恢复的时间。

谁又有权来决定悼念时间的长度呢？

"你姐姐去世有两年了。"有一天我妈妈对我说。"每天，我从柜子里取出她的相册，大哭一场，然后放回原处。今天我将相册送得远远的，一了百了，我也不再读她从欧洲寄回来的明信片了。是时候结束哀悼，活在当下了。我今天感觉很好，"她说着，同时穿上了运动鞋，"我的关节也不痛了，我可以一路走到月亮上。"

她新发现的减压方法源于对过去的哀思。就在我的祖母去世六个月后（当时我只有十岁），我母亲去银行注销账户。直到走出银行大门，她都是一副镇定自若的模样，紧接着，她只觉头昏眼花，不得不靠在墙边。"我看着手里的信封，"她说，"但我不想要钱，我只希望我妈妈回来。"

悲痛就是这么一回事，生前死后的事齐齐涌上心头。悼念也是悲痛的一部分。正如金姆怀念她的猫，借由那些快乐时光，回忆起他曾经的模样，永失所爱的痛苦也能被缓解一二。当死亡降临，记住所爱的趣事，能让他更加真实地存在。我母亲曾与我展开过一场争论，因为她不相信有什么死后的世界。"当你被埋在土里，"她曾经这么说，"一切都结束了，只是尘土而已。"

"这可真有诗意，"我打趣道，"你这是在贬低圣人和神秘主义者。"但我找到了证据，好吧，从我的角度来看，它就在许多年后的启事追踪里，在金姆与我的谈话中显现。我永远也没法忘记那一幕。当她意识到猫咪处于生与死的界限时那种细微的情绪变化。

　　金姆正在经历不同程度的悲伤，这里面包括如何帮助她的儿子说再见。"我儿子很想念猫。"她说。夜晚时分，猫咪喜欢蹲在洗手盆里，看着她的儿子洗澡。我希望她能在接下来的几个月里平静下来。"谢谢你的来电，"金姆用动人的嗓音说道，"你是个好人。"过了一会儿，她说："猫咪喜欢黄瓜。"

MY CAT SYDNEY IS LOST

she is a calico

alot of white and orange and some black

5.5 yrs old - thin - very beautiful

missing since noon

on Tuesday January 2nd

she lives on Orange Street

with Liz and Buster the dog, along with 3 cats

who miss her very much

if you see her or have her please call **(415) 555-7611**

第九只猫　雪梨

　　对于丢失爱猫的人来说，这种天气糟糕至极。雪花如面粉般簌簌落下，下午时分，已经冻结成冰了。为了抵御即将到来的风暴，我驱车前往洗衣店取回厚重的冬衣。和往常一样，我四处打量着寻猫启事，这一次，我看见一整列黄色的寻猫启事，贴满了所有的电话亭、所有的树干，在每一个十字路口吸引着人们的目光。每一张启事上都堆积着雪花，仿佛被涂抹上一层白色颜料。我意识到，这是一位充满动力，而且注重细节的主人。"害羞"与她完全搭不上边，那个不常见的标题不仅仅是在阐述事实，更表明了态度。她强调雪梨是她的猫（五岁半，每一天都是同她度过的），而不是某人的猫。我们谈论的可是雪梨！

　　总的来说，安妮·利兹似乎是一位意志坚定的老手。她对自己的行动充满信心，甚至充当起自家的狗——巴斯特，以及另外三只猫的发言人，"他们都很想念她"。以上真的属实，还是一厢情愿的想法？这就像悼念信的内容一样简短，她怎么说得清？或许他们正享受着宽敞的休息室，以及不再拥挤的餐盘呢？根据启事的描述，正午时分，雪梨冲出家门。我并不愿唱衰她的预期，比起伤害雪梨，一场风暴似乎更能将她驱赶回家。

一部跌宕起伏的电视剧在我脑中上演。安妮的启事呈现出浓厚的家庭氛围——巴斯特以及那三只西伯利亚猫坐在她身边，因为雪梨的离去悲痛万分。我的故事应该发生在风暴中，属于灾难背景下的小故事。比起救援队寻找失踪的旅行者，我们会见到安妮和她的狗游荡于整片街区，寻找雪梨的下落。她的另外三只猫会挤在沙发上，紧张地等待消息，而记者已经在人行道外扎营，展开现场报道了。摄像师互相推搡着，试图抢到一个拍摄客厅的最佳角度。为了吸引眼球，治安官会在镜头前发表讲话："留给我们的时间已经不多了。天黑后，温度会降至个位数。"

我的节目播出了很长一段时间。在我每次去洗衣店的路上，透过车窗往外看，就能得知安妮的搜索进展。七天后，我看见粉色的启事贴满了同一条街，而黄色的仍旧完整如新。第三周时，已经变成了一道彩虹。原始的启事已经更新换代——这次是橙色的——而张贴半径还在不断扩大。

透过露露咖啡厅的窗户，我能看见一整套的启事，贴在几条街道的角落。我为安妮的执行能力感到惊讶，她是当首席执行官的料：充满野心、决策力，以及组织能力，更懂得公共关系，她知道自己想要什么。她简直能主持 101 寻猫节目。

从事心理治疗，让我发现学习商务咨询的益处。我有很多客人是企业家或者自由作家——他们的创造力丰富，但过度的劳累并没有换来工作成效的提高，也没能增加收入。显然，智慧并不足以保证一定能成功。你需要管理能力，明确自己的短期和长期目标。在作决策时，你得分辨出冲动和直觉的区别。自我怀疑随时都会产生，不论是结束一项价值百万的交易，还是寻找一只走失的猫。

一个月后，我对安妮更加钦佩了，我决定打电话给她。启事仍旧是老样子，悬挂在街头巷尾，但雪梨有可能回家了，三只西伯利亚猫簇拥着她睡得正酣。经过三年的侦探工作，我懂得了一个道理，即使猫咪失而复得，大部分主人都不会移除寻猫启事。

我与她相约在法式烘焙店，早上九点见面。不幸的是，我迟到了——到达时已经九点零五分。我环顾四周，咖啡厅只有三张桌子，一张闲置，两张有人，还都是情侣。九点三十分的时候，我只能回家给她打电话。

"你没在那儿。"她说。显然，这位首席执行官脾气不大好。她等我到九点零三分就离开了。

就不能施舍我五分钟时间吗？我追这个节目有整整一个月了！那两分钟足以让我抱憾终身。

"我很抱歉，"我说，"还能再约吗？"

"我没心情，"她说，"这个故事很长。"

"我们不需要当面谈。"我提议，感觉自己承受了不公正的惩罚。

"发生了很多事。"她咕哝道，很是犹豫不决。

"现在不适合讲吗？"

"真的很复杂。已经发生好几周了。"

查克跳上了我的桌子，踩着雪梨的启事。我盯着他，不由得想："她真的很难相处。"他的咕噜声大得惊人，仿佛从屋顶擦过的雷声。经过我一分钟的好言相劝，安妮的心情有所好转。

顺便一提，让人们在合适的心情下开口也是治疗师的工作之一。即使一位客人决定加入疗程，他们仍旧会有抵触情绪。曾经有一位客人，我每次打开办公室的门，邀请她走进休息室时，她都会盯着手表。如果我晚了一分钟，她就会借机发作。如果我在下午三点准时开门，她又会尖刻地评价道："太棒了！我们可以准时开始了。"

一次治疗时，我出言安慰她，她假装没听见。我只能安静地坐在一旁，想象着她的老板和同事的感受——被她的无视所伤害。她率先打破了沉默。"你那边的纸巾盒里的纸巾比我这边的纸巾多。"

我听见她说。

"不好意思。"

"你为自己准备了更多的纸巾，而客人盒子里的要用完了。"

"客人们用纸的频率更高些。"我不假思索地说道。过了一会儿，我灵机一动："你真的相信我花时间数一下纸巾，客人的感觉就会糟糕？"我觉得自己的诚实反应对她有疗效。她一直在寻求失望的情绪，以此来拒绝我的治疗，甚至不想等到我而自己宣告治疗失败。如果我如此反驳，她会怎么做呢？

"我只是在开玩笑。"

"不，你可不是，"我如此回答，"袒露自己的怒火又不会怎么样。"

她从不相信我能理解她所承受的痛苦，但我懂得她不为人知的信仰。将自己的需求隐瞒，总比将之坦白要好受得多。我换了一种方式，我更看重与他人的交流而不是坚持所谓的正确。

"好吧，"她说着，交叉着手臂，"我讨厌来这儿，感觉像在自贬身份。"

"还有呢？"

"就像在用钱换取别人的关心，而你就像感情上的妓女。"

"谢谢你，把我的毕生工作贬为街头卖淫了。"我抬起手，在空气中晃动。

"我不是这个意思。"她的眼神闪烁了几秒。

"不，你的确这么想了。如果我对你有用的话，那么用途是什么呢？"

她望向窗外："用来倾听，我猜。"

"你已经把话说得很明白了，我是个讨人厌的倾听者。那你怎么还来呢，好让自己更加失望？"我咧嘴笑道，露出一排白牙。

"或多或少，你听说过我的事。"她缓缓说道，努力寻找自己的结论。现在，她总算对核心问题感兴趣了。

"问题是，足够多吗？"

她用野猫观察人类的眼神看着我。

"你渴望被了解吗？"

她微微点头，表示同意。

当猫主人和客人不情愿开口时——无论出于何种原因——我都尊重他们的态度。当然，你也知道，他们可能只是在犹豫。所以我鼓励安妮多谈论雪梨，在做足了热身运动后，她讲述了一个跌宕起伏的故事。

安妮的麻烦从她走到地下室的楼梯口开始，一月的寒风扑面而来。"老实说，那时我没有想到雪梨，"她说，"我只是没料到会这么冷。"

在那栋三层楼高的别墅里，四只猫在房间里飘来晃去，可能几个小时内都看不见猫的影子。日子一天天过去，她觉得雪梨比平时更加神出鬼没，但也有可能藏在某个不为人知的角落里打盹。"我并非多疑的人，"安妮说，"我更想让猫享受自由空间。"

安妮对雪梨的关心只流于表面，她更在意的是房间的温度。怎么越来越冷了？或许有一扇窗户坏了。安妮沿着楼梯往下走，来到了地下室，穿过那些旧家具和老杂物，她发现了问题的根源。后门大敞，正慷慨地迎接着寒风。那一刻，她甚至有些疑惑。然后她恍然大悟，煤气工读完表后没有将门关好，雪梨一定是跑出去了。"我不仅仅要支付一笔离谱的供暖费，"她说，"煤气公司还弄丢了我的猫。"

安娜准备了一些最基本的猫咪救援工具。"下班后，我带着手电筒和猫碗，"然后她补充道，"嗯，我算得上是侵入过每一户的院子。"

在某种意义上，她的寻猫启事相当成功，有不少人来电。大致来讲，他们都看见雪梨在两条街游荡。但安妮只能苦笑不已，因为那片街区的治安不大好。"我找过了灌木丛、垃圾箱和车库。"她说着,语速堪比一位初级拍卖师。"那条路很黑,我甚至不知道自己是勇气可嘉,还是丧失了理智。我想碰碰运气找到雪梨的念头早就没了,现在我只想保命,避免惊扰到这里的生意人。你懂的,一旦打断毒品交易……"

在第二周的搜索中(粉色启事竞赛期间),安妮收到了一份特殊的快递。两名大学生按响了她的门铃,她打开门,发现对方抱着一只正在奋力挣扎的三色猫。

"雪梨回来了。"其中一位骄傲地宣称。

"那只猫就没有停止过嘶吼。"她说,"他表现得更像一名战俘,而不是归来的爱宠。"那只雪梨模样的猫终于如愿以偿,他跳过门廊,飞一般地往家跑去。"绑架是违反联邦法律的。"她对大学生如此说道,一面避免自己笑出声。

几天后,就在橘色启事攻势刚刚展开时,另一位住在附近的学生致电安妮道:"你的猫在我家。"安妮的直觉告诉她,这又是一个错误的情报,但那位年轻女孩相当坚持。她没法拒绝这条线索,于是在中午的时候,她离开了办公室。

那个年轻女孩热情洋溢,带着安妮参观了她的猫科动物拘留处。安妮停下脚步,仔细观察。"那双黄色的眼睛燃着熊熊怒火,"她说道,"它们简直就像是在咆哮:'快叫我的律师来!我被非法监禁了!'"那就是一周前两个大学生捉来的那只三花猫。

到了第三周,一切变得索然无趣。已经过去太久了,安妮沮丧不已。她坐在厨房喝茶,一种前所未有的惰性缠绕着她,而她试图甩掉它们。层层叠叠的心理防线也没能将现实分割出去,对于梦想家而言,日子更加艰难了。她的情绪低落,同时不由自主地想:"我还能坚持多久?"她看着茶叶在冷水里漂浮,最终跌落到杯底。雪梨彻底走丢了。

有时候，我会建议客人在治疗时提高说话的音量。我鼓励喜欢安静的人扯开嗓门，甚至直接喊出来。说什么都好，总比把字符压抑在喉咙里好受。不过，我不支持那种最原始的吼声，因为它们在逃避真实的感受。此时此刻，安妮脑中的字眼会是什么呢？我不禁琢磨着。那是全世界通行的无助感。这不是我想要的。这不公平。我想你了。

但安妮不是那种情感外露的人。她全神贯注地讲述着这个故事，顾不上考虑自己的感受，因为她已经置身其中了。她将焦虑转化为对故事细节的不厌其烦。我过去也这么干过，而这是有意义的。在讲述关键信息时，这能克制住人的情绪。也许，安妮将她的命运交付给了上帝，而命运也不吝啬于馈赠。"接下来的事，你可能不信，"她高声说道，"我听到一声微弱的猫叫。"她从椅子上跳了起来，冲到了墙边，"雪梨？"她不断呼唤着猫的名字，但周围寂静无声，感觉就像在和一堵墙说话。

"现在我该怎么办？"安妮说，"你如何拯救一只困在墙里的猫？"她沉思片刻，最终拨通了消防局的号码。"毕竟，"她分析道，"在火灾现场，他们拯救过困在墙里的人。"安妮的危机公关能力让我感到吃惊。如果我被困在战壕里，近得足以看清敌人的眼睛，那我一定会让安妮成为我的战壕搭档，她能让我们两个人活着离开。

"这跟电视节目不一样，"安妮说，"我告诉他们，我从小看到大的《小英雄》[1]里的消防员会帮助邻里，比如说解救困在树上的猫。纽黑文消防局说，他们不会上门拯救雪梨。毕竟她只是一只猫，不是人类。我说，你再考虑考虑。"

---

1 美国剧集，1953—1963 年播出，讲述一名少年在社区和学校的故事。

安妮坚持不懈地同他们理论。"或许用《小英雄》来类比不够正经。"她对我说，不过到了最后，几个消防员还是上门来检测了她的厨房墙体，还带来了一个扫描墙体内部的机器，但没有发现有像猫一样的东西。她有些失落，思绪很快被两台消防车震耳欲聋的喇叭声打断了。它们肆无忌惮地鸣叫着，直到两台车停下，将安妮房子前的路完全封锁。八位消防员全副武装，扛着斧头，匆匆走过门廊台阶，沿着不同的方向搜索房子。在第三层，一位消防员大喊道："我们听到阁楼上有猫叫！"

"干得不错，"安妮吼了回去，"我剩下的三只猫躲在那儿发抖呢！"

她挺享受这场救援行动的戏剧性，尽管没有火要扑灭，消防局的家伙仍旧一本正经地开着玩笑。游戏时间已近尾声，消防员必须离开了，安妮恳求道："请你们再做一件事，可以吗？"在厨房那层楼，有一个非常窄的、1米深的小洞，正对着地下室的天花板夹层。她说服消防员将那个洞开大了一点，以防雪梨钻进去后再也爬不出来。从长远看，她觉得这主意不错。

我们聊了很长时间，我很惊讶，过了这么久她才提到那层楼的洞口，这里面似乎省略了不少细节。对此，安妮的解释是，在风暴日发现后门大大敞开后，她就检查过平层的房间。实际上，她最先查看了那个洞口，将手探入地下室，来回扭动，一面呼唤着雪梨的名字。但她的动物大家庭并没有围在洞口边嗅探，所以她确定雪梨是往门外跑了——好一个活在当下的推测——哪管外面大雪纷飞。

消防员切割好洞口就离开了。房子重归宁静，安妮坐在厨房餐桌边，喝着刚泡好的一杯茶，怀疑自己是不是想得太多。"然后，我经历了第二次心跳时刻。"她说。就像玩具箱里的弹簧小丑一样，雪梨的头从洞里跳出来，在下一刻又消失了。

安妮蹲在楼梯口，准备长时间地等待。她在洞口边坐下，紧盯着那个地方。她打开一个吞拿鱼罐头，搁在前面。一个小时后，就像一打开玩偶盒就会弹出来的小丑，雪梨又冒出了头，但这次安妮非常沉着。她向前俯冲，一把抓住雪梨，并将她拽了出来。

雪梨大概少了五斤肉，几乎是皮包骨头。安妮有上百个疑问，但不知从哪个问起。"到底发生了什么事？"她不是一开始就搜索过那个洞吗？或者雪梨被吓到了，跑到洞里躲藏了？她是被卡在平层内部了？她去过房子的其他地方吗？那失去的五斤体重让她挣脱出来了？当她终于能开口时，为什么只有一声微弱的猫叫？

西岸曾发生过一个类似的故事，同样是一只消失三周的猫。琼尼·米歇尔在一九九八年写了一首歌，她将失去猫的忧郁写入歌里，《来自火星的男人》，琼尼富有诗意的歌词和安妮别无二致。琼尼想象自己的猫在墙体中布线的地方漫步。就在她完成作品的第二天，她的阿比希尼亚猫，弗里德里希·尼采，回家了。

"没意义，"安妮宣称，"问这些问题毫无意义。"但她确实有一个问题要我回答，那就是，在对待消防局的态度上，安妮觉得自己强硬了那么一点点。她可能太过急迫了。问我怎么看？

安妮擅长自问自答，但对雪梨的不问不说策略是个例外。我猜，我的参与主要是改善了她的修辞手法。像安妮这样意志坚定的人，提出问题给他人时，自己就已经作出了决定。我更像这出剧里的龙套角色——只有两句话的那种。感谢电话的匿名性质，她不会发现我正反射性地点头。"不会，"我向她保证道，"你只是太担心雪梨了。你想啊，一只羊都会为自己的孩子而战。"

她的下一个问题，同样地，她也率先回答了。

"我该怎么做，才能表达我的歉意呢？"她想感谢消防员的帮助。"我首先想到的是给钱，那显然有些傻，你该付给一队人多少钱呢？再说了，你能付得起他们奔赴火场的费用吗？"

她说得我心服口服。

"然后我想到一瓶红酒,"她继续道,"但也许不合法,毕竟他们都在执勤,那不是在感谢他们,反倒可能会让他们被解雇。所以我还排除了写一打感谢卡的打算,显得太过小气了。"最终,她的种族天赋拯救了一切。"做个意大利人,"她说道,"我想好了。"她走到消防局,手上提着一盒纽黑文最棒的奶油卷。

Kool Kat Jellybean

zany, playful, affectionate

spayed
shots

donation

第十只猫　酷猫水果软糖

在普鲁斯特的记忆回到他的少年时代前，他愉快地咬过一块蛋糕，享受过其中的美好。我的故事从酷猫的启事开始，那是从唱片店偷来的。尤为不幸的是，真相揭晓了，我唯一咬到的东西是自己的嘴唇，"酷猫"不是一张寻猫启事，相反，而是找到猫的通告。但这不是我回忆此事的原因。酷猫的主人很不一般，完全像一个肺活量惊人的女高音，声音古怪而富有韵律。我的介绍结束后，电话的另一端开始毫无声息，随后是一阵喘息，连带着咯咯的笑声。"你可能不记得我了，"她说，将每一个音节拉高了声调。"但在很久以前，你治疗过我，是我啊，伊芙琳·琼斯。"

当侦探时，我从来不说我是一个心理治疗师，这是有理由的。心理治疗师会让人感到焦虑。但这一次，我成了慌张不安的一方。通常情况下，我挺想知道客人的现状，但伊芙琳是个例外。

在 20 世纪 80 年代末，伊芙琳开始接受心理治疗。她和伴侣进入了分分合合的死循环。伊芙琳恐惧不已，比起坦诚相待，她的怒火直接爆发了。

当时我还是一名实习心理治疗师，在监管下工作的医学生。我期待有学识渊博的那一天，能交出让自己满意，也能帮助到病人的临床诊断。但我缺乏经验，在听过一方的解释后，甚至不清楚怎么填补关系另一端的空白。伊芙琳又一次和伴侣分手了，一怒之下，她终止了这段关系——而我赞同她这个错误的决定。她认为被轻视了，我建议她分手，避免这种贬低，我过度夸大了矛盾。"分手很有必要。"我对她说。但我忽略了一个事实，她的想法会改变，而离别只会让她更加渴望爱情。

果不其然，伊芙琳和她的伴侣复合了。在我们接下来的一次见面时，我试图把自己摆回中立的位置，但为时已晚。在伊芙琳眼中，我变成了一个法官，而她需要为自己辩护。伊芙琳还不知道怎么与身边人相处，她能依靠的只有自己。很快，她与我断绝了来往，取消了自己的预约，不再回我的电话。但我还是想对她说一声抱歉。

几年后的夏天，我在市中心看见她和同一个女性朋友手挽手，谈天说笑。她仍旧保留着标志性的棕色长发，顺着一边编成辫子。远远看去，她挺幸福的。尽管我没能好好治疗她，但时间做到了。

治疗情侣中的某一个时，房间里总会盘旋着一个挥之不散的幽灵。客人们会忍不住去猜测自己的另一半在关键问题上会有什么反应。更为常见的是幽灵作祟，那个鬼魂成了客人在治疗室的第二直觉。就算将另一半带到现场，双方也只会更加畏缩不前，因为他们害怕让爱人受伤。（"她会生闷气，而我没法忍受这样的夜晚。""如果我告诉他不愿听的事，他会生我的气。"）最严重的恐惧往往不言而喻，"如果我的爱人离开了，那是我的错。我会就此放弃自己。"

在我们的治疗过程中，伊芙琳试图寻找一条适合她的道路（"或许我应该独自生活。""我的伴侣经常生气，而不是我。""或许我该换个人。"）。但是，永远不要一条道走到黑——她通过经常性地改变决定——避免自己遭受负面影响。

糟糕的是，为了挽救她的自尊，又导致了一个潜在的，也是致命的难题。通过错误的认知，她将自己的伴侣归类为总是发火的家伙，而自己则从未生气，伊芙琳隐瞒了她对孤独的恐惧。与之相反，她陷入一个看似值得深思的问题中："我是走是留？"在伊芙琳作出暂时的决定后，我也站在了她那一边，期待这一与众不同的举动能让她变得独立。当然，我也是年轻气盛，这个决定就是错的，我为此学习了更长一段时间。对伊芙琳而言，分手的跳跃跨度太大，而且这也不是她的核心问题。她只是想表达一个观点："听我说说话吧，我一点也不想离开。"

二十年后，我终于有机会看见伊芙琳的成长了。她觉得我的侦探工作很好玩，同时想知道其他猫主人失而复得的故事。我们没有谈及过去。她非常乐意讲述她的故事，还附带了一个要求——我不得透露她的细节。"我要以匿名的方式参与救援工作，这很重要。"她低声细语。一想到她有着强烈的自我意识，我的好奇心便有些减退，我决定继续下去——伊芙琳仍旧需要一种安全和亲密的关系，而我发誓要守护它，这是必须要做的事。除了保留她故事的核心部分，所有关于她的描述性信息均已被修改。

"这是我一生的事业，"伊芙琳说，代指援救流浪猫。"始于工作时的一次意外。"我突然想起，她的工作能力卓越，曾是一家视讯公司的首位女技师。

她救下的第一只猫非常聒噪，也很固执。就在伊芙琳上门为顾客服务时，他在走廊里拉长声音喵喵直叫个不停。当时她敲开顾客的前门，正安装电视盒。那只歌手猫住在走廊另一头的一间公寓。

"可能是暹罗猫吧，"她想着，"他们特别话痨。"安装完电视盒，她就离开了。两天后，她接到另一份工作，再度将车停到同一栋大楼前，然后听到了同一只猫的号叫。这一回，他的叫声急促、频繁，并且忽高忽低。伊芙琳向新见面的客人询问起那只猫。

"那间公寓空了。"他面无表情地说。伊芙琳的心咯噔一下。"他们为了躲房租，几天前就溜走了。那是一家五口，他们将猫留在里面，还锁了门。"伊芙琳后退了一步，好离他远些。他明显缺乏怜悯之心——空洞的辩白，以及合理化的解释。伊芙琳往电梯的方向走去，她可以听见自己的心跳声，正在为一整层楼没心没肺的家伙而剧烈战抖。那顾客跑到大厅，大喊道："我的电视盒呢？"

伊芙琳找到了物业管理，而他不愿牵涉其中。"我也冒了很大的风险，可能会丢掉工作。"她告诉他，让他明白所有的责任都在她身上。他们走到公寓门口，打开了那扇门。一只棕虎斑等在门后，瘦弱不堪。伊芙琳将他揽入怀中，抚摸着他的脖子。"你马上就能回家了。"她对猫说，而那对黑色的眼睛扫视着她，"那是我毕生事业的开端。"

"我研究过一些资料，"伊芙琳谈起了她现在的工作，寻找城市里的流浪猫。"那把我带到了一个过去从未知晓的领域——流浪猫的种群数量正在成倍增长。他们居住在废弃的大楼里，以斑驳的砖块和地基的缝隙为家。他们能够居住在任何地方，就跟蟑螂一样。"流浪猫协会认为，在美国一共有六千万只无家可归的野猫。美国农业部发现有相当数量的流浪猫曾经有过主人——每年有超过五百万只猫被遗弃。

夏天的时候，伊芙琳会穿着她的搜救服：厚实的长裤、坚固耐用的长靴、完全包裹手臂的长袖衫，以及橡胶手套。她会试着去分析哪一只流浪猫有驯化的可能。老流浪猫已经不可能被驯化，但十周以内的小猫仍有可能与人类共同生活。她也会去寻找那些被迫流落街头的家猫，如果后者不具攻击性，她也会给其留下机会。她会用专门设计的折叠式诱捕笼（也能用来捕捉臭鼬，有单门和双门两种）来捕获猫，不会对他们造成伤害。

纽约大概有十万只流浪猫。其种群的增长不仅仅来自那些被遗弃的猫。许多未结扎的家猫被抛弃后，会在一年内生出几倍的小猫。一只没有被切除卵巢的母猫可以每四个月生一窝小猫。

二十年来，没有任何组织的赞助，伊芙琳自己承担起医疗、疫苗、食物的费用，通过收养，让一百多只流浪猫拥有了幸福的家庭。她限定了每次在家里停留的野猫最多不能超过两只，即便如此，她的超市购物袋里的绝大部分物品还是各种猫粮。"我已经放弃解释了，看上去就像我有两百只猫。"她自嘲道，"你可以叫我猫女士。"在众多为猫痴狂的人里，她属于充满正能量的类型。

和我遇见的大多数女性一样，伊芙琳对"疯狂的猫女士"这个贬义词已经免疫了。尤其是在"疯狂的猫女士以及绅士的辅助用品"服装网店成立后，这个词组的讽刺意义达到了顶点。在那里，你可以买到疯狂猫女士的各种衍生商品。她的制服看上去像一件永远也不会脱下的松垮睡袍，每个口袋前都印着一只猫。

我想，伊芙琳大概会喜欢另一位猫女士的故事，这位猫咪志愿者住在洛杉矶。"我有一间客房是专门为猫而设的。"洛杉矶的猫女士这么对我说。对此，我是这样回答的："相关设施怎么样？有客房服务，还是自助的？"

"有趣，"伊芙琳笑着说，然后我们又沉默了一会儿。"你保证我的身份不会被泄漏？"我再度向她保证这一点。是我说过什么让她不信任的话吗？

伊芙琳继续讲述她的故事。她的会计希望她列一份清单，方便计算她的慈善支出，或者至少挂靠在一家非营利的流浪猫机构下，这样能够降低税款。"我再不表现好点，他会杀了我的。"尽管这么说，她的语气仍旧坚定不移。"我不会理会的，这就是我去教堂的原因。"

随着采访的继续，我又一次听到她的担忧，"这是保密的，对吧？"我有些失落，感觉自己和"雨人"困在了一起。

"都是保密的，"我不耐烦地说，"我不想让你觉得焦虑，这不是我采访的目的。我们没必要继续下去了。"

我转变话题，想让结尾变得轻松愉快。"你找到了毕生事业，我真为你高兴，谢谢你。"她挂断了电话。

伊芙琳对她的终身事业相当狂热。在猫咪领养日前，她或许会虔诚地祈祷，但从猫主人的角度看，她更像是站在教室前面拿着戒尺的修女，严肃而守旧。为了猫咪的安全，她学会了对收养者以后可能犯下的罪孽进行预判。这听上去匪夷所思，但从精神学上看，观察现有的行为是能够预测未来的。通过一次短暂的面谈（不是心理治疗），伊芙琳观察客人是否适合领养。她讲述了自己的观点。"有时候是通过他们的外在表现。"她说，指的是本身不愿意，或者身体状况不佳，无法照顾猫咪的一类，"有时是他们所说的内容，比如关于宠物医生，如果他们没有认识的，我可以介绍。但他们都说不出哪位亲戚朋友认识宠物医生，你就会明白他们根本不会去找。"

有一次，她拒绝了一位领养人，原因是那位父亲没有阻止孩子用粗鲁的方式戏耍猫咪。"父母没有教育孩子如何与宠物温柔相处吗？还是说，他们只是随便吼叫几下敷衍了事。"

领养的程序比我想象的复杂得多。对于有狗的家庭，伊芙琳会让他们带着狗一起去见面会。她会让领养者认为，她是在观察狗的行为，实际上，她更关注主人处理两种不容易共处的动物的能力。

我们中很多人所住的公寓禁养宠物，需要主人违反规定。只要伊芙琳知道是这种情形，那就肯定不行。有一对年轻的夫妇从她那儿领养了一只小猫，一周后，伊芙琳按惯例打随访电话。猫咪的存在本应是一个秘密，但这个秘密被曝光了，这对夫妻必须送她离开。自那以后，她执行了一项新规定。"租房者必须带上租约，"她说，"指出哪一部分写明了允许喂养宠物。"

她对一些实验室的招募计划相当警惕。在领养的最后一步，伊芙琳会索取一定金额的捐助。她解释说，因为实验室不可能把钱花在买动物上。

我终于放下充满耻辱的过去，为伊芙琳的蓬勃事业感到高兴。这也给我的成长增添了一把量尺。一直以来，我都期待着成长为资深的治疗师，获得客人毫无保留的信任。我可以理解，早期一些客人怀疑我的能力，认为我无法提供足够的帮助（"对于成年的孩子，或者死亡、离婚，你了解多少？"他们会如此质疑。"或者，失去你经营多年的生意？"）。如果我知道只有时间才能教会我某些事，那么，对伊芙琳的治疗肯定有所不同——作为一位心理治疗师，你可以做一千件正确的事，但最紧要的，永远是你所犯下的错误，以及你处理它们的方法。正如一位客人对我说的那样："心理治疗师几乎永远不会说抱歉。"

或许终其一生，伊芙琳都会与自己的极端思想争斗不休，像超级英雄一样拥有双重身份。当她为猫科动物面临的现实和公正奋斗时，就像猫女士一般一跃而上，站在砖块跌落、尘土飞扬的城市绘卷里。她拯救那些被遗忘的对象，与自私战斗，保护无辜者。但当她将猫女士的人格抛掷一边时，她也将本我一并搁置了。温柔的、自我超越的，甚至笨拙的伊芙琳担心对她的爱人（甚至是她的治疗师）倾诉自己最基本的需求。但我还记得，她拥有很强的自愈力，如果是出于主持公正，她就能鼓起勇气，坚定意志继续下去。

她看上去很幸福。二十五年后，她仍旧与她一生的伴侣，那位艺术家在一起，是她的丈夫拍下那张酷猫水果软糖的照片。那只猫也很幸福，他的流浪猫生涯已经结束。教堂里的伊芙琳为他找到了新家。

LOST
CAT

Silver tabby lost from the
Mush Mush Adventures downtown office
15 years old, neutered male; looks
just like "Danger" the dog yard cat. (Acts
like him too!) Very precious to me. Answers
to "Kitty". *Please* call (344) 555 7861

第十一只猫　危险和凯蒂

与伊芙琳的意外重逢成了一个转折点，追踪寻猫启事也和从前不同了。我的好奇心愈发强烈。从我琢磨寻猫启事、走进他人的生活中开始，那么多关于猫的故事也让我重新审视起自己的生活。艾克尔斯、麦迪和猫咪时刻萦绕在我的心头。尼可、软蛋和雪梨，让我与社区亲密无间。托丽则是来自过去的一道闪电。如此看来，我已走上探索之路，但终点在哪儿，我自己并不清楚。我甚至没有目标，但在潜意识里，我觉得应该继续走下去。

在三年多的时间里，我丝毫没有对各种各样的寻猫启事感到厌倦，反而被其中蕴含的各种可能性不断鼓舞着。我挖掘着启事背后的故事，新的地点、新的人、新的猫。例如，通过谢尔比的家庭，我更了解纽约的生活了。就像我路过陌生人的房子或者公寓时，偶然间窥见窗户里他们点滴的私密生活。我一度拜访过他们的内心密室，那里被一盏烛光照耀，有欢喜、悲痛、孤独，也有陪伴。几乎所有人都会为故事所触动——无论是通过电视剧、书本、电影、游戏还是舞台剧。可以说，比起坐在公园长椅上，对路人充满好奇，我更喜欢偶尔叫住其中一位，然后问他："你人生中的这一天，有什么重要的事情发生吗？"然后他们开心地回答。

旅行者的血脉根植于我的基因里，那是我母亲留下的遗产。七岁的时候，我和弟弟理查放学回家后，发现家里的旅行车上装满了行李。那一天，我妈妈决定带我们去佛罗里达州过圣诞。等父亲回家后，她也知会了一声。我们几个孩子挤进后座，为谁能坐在车窗边争吵不休。父亲驾着车一路向南，母亲的目光穿过前挡风玻璃注视着前方，她的快乐像光一样洒下来。

如今，每当我去往一个新的城市，我都会想象自己住在那里。如果喜欢那里，我会很舍不得离开。如果我有九条命就好了，但实际上，两条就足够我忙了。寻猫启事俨然就是一张名片，没有比这更能触碰到陌生人以及他们的真实生活，与他们产生共鸣的事情了。有一些寻猫启事让人无法拒绝。我一直向往去阿拉斯加旅行，走进这里，我爱上了"危险"。

我们离开安克雷奇，驾车穿过夏日阳光倾泻的阿拉斯加雨林。无论在1号公路上车速多快，行驶了多远，蓝色天幕的边际依旧那么遥远。紫色和红色的野花在低地上零星开放，以此勾勒出地平线的形状。如此美景，让卡莉丝、杰夫和瓦莱丽兴奋不已。

就在苏厄德郊外，我把车停在了一家面积堪比大型商场的多功能加油站里。在我下车开始检查重型机械、枪支和派对用品前，一张寻找猫咪"凯蒂"的启事映入眼帘。它张贴在前门上，照片的背景是茫茫大雪，以及一群爱斯基摩长毛犬和雪橇。在我的藏品中，这份启事独具一格，几乎是一举两得，既是一份寻猫启事，又算得上是阿拉斯加的标志性启事。这可是这段旅途中最好的纪念品。

我研究启事有四年了，卡莉丝和我弟弟杰夫站在便利商店的过道上时，我将启事递给了我的侄女瓦莱丽。她现在十二岁，身材瘦高。

"看这儿。"我微笑着说。瓦莱丽大声读了起来，然后，在一个词语前停了下来："看上去像是'危险'，那只狗场猫。"

"这可真奇怪，"她说，"什么是'狗场猫'？"

"我也不知道。"凯蒂，显然指的是一只本地猫。而眼下这位，也许是当地名流？

"你为什么想要寻猫启事呢？"瓦莱丽问，"太伤感了。"

我向她解释了南茜·道尔的观点。"是啊，我还有她的签名。"瓦莱丽朝我翻了个白眼。于是我换了一个说法——好奇心，说："你就没有想过，猫的主人是什么样的人吗？"她无动于衷。接着，我又切换到"希望"这个主题上，"我希望听到猫咪被找到的消息，若是没有，也希望主人能够平静下来，拥有幸福的生活。"

"你可真怪。"她说。

"谢谢夸奖。"

她又笑了，然后我再次陷入关于失踪猫咪的思绪里。只有一件事是确定的：主人是女性。尽管名字没有写在启事上，但其性别昭然若揭。男人不会使用这种句子——"是我的宝贝。"尽管我观察到启事上一张更小的照片里，一个明显属于男性的手臂揽着凯蒂，但我还是坚持我的判断。那个搂住小猫的可以是任何人。

这上面也有好消息。根据启事上的时间，凯蒂只丢失了两天。我觉得猫主人找到他还需要一些时间，所以我将启事打包进行李，搭上游船继续旅行。我们的船沿着峡湾航行，经过植被茂密得将岸边岩石完全遮掩住的小岛，目睹了小海豚划出的优雅圆弧。我想，这都将是难以忘怀的回忆。

每当那些华美生物从眼前游过时，卡莉丝似乎都在打盹儿。"你错过了海豚。"我们告诉她。再度醒来时她听到第二桩消息。"你错过了白鲸。"当卡莉丝第三次醒来时，她干脆说："我知道，我错过了下午茶，还有尼斯湖水怪。"

船越走越远，我愈发意识到自身的渺小。与商业活动频繁的地区相比，地广人稀的东北部更像是幽闭恐惧症患者。我可不想自己的猫在阿拉斯加走失。

怎么能有人找到小猫呢？用人口数除以土地面积，乘上任何一只猫每天在外面游荡的平均距离，加入变量 X，以我对农村猫主人的认识，大多数人终其一生都找不回失踪的猫。这道算术题的结果看上去很不妙。这片土地太过广袤，而人又太少，少到不足以发现一只流浪猫。食肉动物四处潜伏，家猫一旦离开家，往往只有死路一条。所以，两周后当我回到纽约，拨通猫主人的电话，得知凯蒂已经被找到了的时候，我着实惊讶万分。

"凯蒂是在六天后找到的。"一位女士说，"趴在路边，就在我工作地点的附近。"故事结束。或许这是我以前没有见过的地方特色：单调乏味，毫不夸张。它过于寻常，惊喜去哪里了？

我找到猫了！大多数主人会对猫咪的失而复得溢于言表，多少会讲一些寻找的细节。起码也能凑出两个小故事。可该有的悲伤和戏剧效果呢？我试着多问了几个问题。在一条很繁忙的街道找到的？凯蒂看上去很害怕？但她的回答都是陈词滥调："是的，太走运了。他真是一只甜心猫。"

当我正想把这件怪事置之脑后时，另一头的女士就给了我新的意外。她用一种温和但非常正经的语气说："我把猫主人的电话号码给你吧。她是个很有趣的家伙，你可以和她聊聊。"

"我还以为你是主人。"我说。从以前的交谈经历看，每当电话那头并不是猫主人的话，对方都会在第一时间澄清他与猫主人的关系。

"不，我只是为她工作。"她说。

我挂断电话，带着热切的心情拨通了另一个号码。猫主人玛德琳接了手机，但我们的谈话被打断了，她正对着一个明显没听清她说话的人喊叫。最后，她让我稍等片刻，几分钟里，话筒中只有电流声。当她重新拿起电话，电流声让通话有些断断续续，好在没有干扰到她。

"凯蒂失踪是因为我们刚搬家，他对这片区域还不熟。"这里面的"我们"，指的是她和凯蒂，而后来，这个"我们"中还包括了一个男朋友。"他不觉得自己的脾气有问题。"她说，她的男友根本没想明白两人分手的主因，为此她困扰不已。"我又气又累。"她灰心丧气地说。玛德琳正处于分手后的悲伤与疯狂的挫折感中，一分钟前还精神焕发，一分钟后又觉得失落万分。

她和男友分分合合很多次了。我漫不经心地听着，并不认为他们的关系会就此结束。以我的经验看，一对情侣若是还没形同陌路，还存在激情，哪怕是愤怒的激情，就不可能彻底了断。而且，两人的关系相当密切，共同经营一家雪橇犬公司，玛德琳则是驾橇人，并为此非常自豪。

"我一手缔造的公司，现在全归他了。"她说，"这可不对。"事实也许并非如她所说，但我更在意她的猫是如何回来的。"我妈妈希望我找门新的生意。"她说。玛德琳曾在一家公共汽车公司打零工，日子过得不大舒心。"但我还是想回去驾雪橇。"

我自然而然地问道："你母亲怎么想让你换职业呢？"

和先前一样，她答非所问。"我喜欢待在户外。"玛德琳说，停顿了一会儿，她又补充道，"和男友分手这事影响太大。我妈妈只想我过得更好些。我创立公司，我勤奋工作，现在，我不在乎了。"

不少人需要很长时间才能准确表达出自己的观点，这我已习以为常，但现在我必须得进入正题了。如果思路清晰，我其实应该可以意识到，她那漫无边际的口述回忆，其实是在我提出第一个问题后开始的："你的猫是怎么走丢的？"

"所以凯蒂出什么事了？"我又问了一次，试图将驾辕人拽回她的轨道。

"他不熟悉周边环境呀，"她说，然后我听到的回答和她的员工如出一辙："凯蒂是在六天后找到的，趴在路边，就在我工作地点的附近。"

同样的说辞，同样的表达。找回凯蒂的信息就像统计数字一样传播：国民生产总值增长了百分之二，一只小猫被找回，大豆的价格持续稳定。这都不是大事。在我对猫主人的个性分类中，玛德琳和她的雇员不属于任何一种。因为寻猫启事上那一句"是我的宝贝"，起初我将她们归为痴迷到偏执的一类猫主人，但突然之间，这个来自阿拉斯加荒野的女人，这个喋喋不休的倾诉者，对自己的猫却只字不提，只能憋出干巴巴的一句："凯蒂是在六天后找到的，趴在路边，就在我工作地点的附近。"

正当我想给一个合适、自然的回应时，玛德琳又将关注点转到我身上。我从哪里来？我有猫吗？我为报纸供稿吗？在告诉她我也不清楚能否出版后，她的声音轻快了不少，似乎松了一口气。她变得很安静，电流声也从电话里消失了。我仿佛置身风暴的风眼中，玛德琳的情绪似乎正在积聚。五秒后，如同失控脱轨的火车，她突然说道："你想要听真实的故事？"

如果我吸烟的话，我会点燃一根烟。

黑色电影中的"蛇蝎美女"虽然满口谎言，可观众对其总会心生同情，因为她总是在爱恨纠葛之中被伤害、背叛、抛弃，甚至沦为人质。我脑子里的念头一个接一个。犯罪？掩盖真相？阴谋？谁是那个"蛇蝎美女"？玛德琳，还是那位雇员？我排除了凯蒂，因为他是男孩。"我以为你已经在讲真实的故事了。"我说。

"我在凌晨四点，悄悄溜进了自己的办公室。"她放低了声音。这时，背景乐应该逐渐隐去，危险的主旋律开始演奏。

"在我的搭档和我分手时,简直一团糟。"她说,"我们互相敌视。"情节愈发紧张了,前男友,前生意合作伙伴,以及莫名其妙陷入左右为难境地的凯蒂。而这一切发生在凌晨四点。

"我用一把秘密钥匙潜了进去。"玛德琳说。

我很好奇她口中的钥匙有何"秘密",是偷藏在办公室大门附近的备用钥匙,还是她男朋友对多出来的这把钥匙毫不知情?

"为什么你妈妈不喜欢他?"

"妈妈让我终止这段关系。"玛德琳说,显然她也不知道这个建议是不是靠谱。"她不认为乔治适合我。他经常和人吵架。"

如果说,为了应付关系破裂,玛德琳给自己准备了一把秘密钥匙的话,我和她母亲站同一边。

"那一开始,你为什么要溜进自己的办公室?"

"我有很重要的文件要拿,"她说,"我必须闯进办公室。"

那时,凯蒂已经失踪六天了。然而,就在她的盗窃案正在进行时,凯蒂突然出现,从办公室打开的门走了进来。拿走那份重要文件的事必须保密,毕竟玛德琳的行为背着他的前男友,于是她想出了一个官方版解释:"我是在路边找到他的。就这样,别人问起都这样说。"

玛德琳表示,随着时间的推移,她这点见不得光的事总会被人知晓,这就是为什么她想搞清楚我是否是个作家的原因。"一年后,你就可以讲出这个故事了,"她说,"时间足以抹平所有的敌视。"

对此我不大确定。有的人会放下过去,而有的人会无法忘记。我想象着这对情侣的治疗现场。她和男朋友来到我的办公室,他们是那种典型的充满怀疑,甚至是抗拒的一对伴侣——通常情况下,男友都喜怒无常——还会生闷气,愁眉不展。他会抵触与治疗师的眼神交流。"我不需要一个陌生人,尤其是一个自以为是的治疗师指点我的生活！"而另一方是相信心理治疗的玛德琳，那种情况下，她会格外疲惫，神情忧伤，同时不知所措。但又迫切地渴望着，因为一位中立的第三方出现，或许对方能够帮上忙。

他们只觉得难受，仿佛要用尽浑身的肌肉力量才能将这段关系维持下去。更严重的是，他们各自坚信："我已经尽了最大的努力，但这段关系还是走到了尽头。"

为何关系会轰然破裂呢？在我看来，这对情侣内心同时存在着两种无法忍受的恐惧感，并且两人毫无察觉。第一种恐惧是无声的尖叫："我不为人所爱，所以一定是我的错。"第二种是无法抑制的恐惧呐喊："我的伴侣根本就不懂得如何去爱。"不论是哪一种恐惧，都会带来同一个不受欢迎的结论——被人抛弃。最后，这段关系将画上句号。

如果你将情侣间的争吵还原到本质，并且抛开那些争吵中的唇枪舌剑，你会发现所谓的情侣关系，其实是两个害怕到极点的人在拼命避免被对方抛弃。情侣关系的不稳定源自内耗，是两人互不妥协的结果。在争吵中，他们会在责怪自己的同时责怪伴侣。如果是你的错，我可以控诉、批判、谴责、批评，甚至掉头走人，气急败坏。但如果是我的错，我能允许自己被批判、轻视，或者甘愿被攻击，成为殉道者的角色，诸如此类。

作为一个治疗师，我可以肯定的是，每一对争吵不休的伴侣，在过去都有过一系列的感情裂缝，撕裂着他们彼此间的信任和安全感。如今，就连一个偶然的问题也会激起蛰伏在内心深处的失望情绪。"哪里不对了？"被动的一方不愿意对抗："没事，我只是累了。"然而激动的一方却不依不饶："没什么？你到底哪儿不对劲？"

我经常听到这类话："医生，我们是不是应该分手？"老实说，我也不知道。如果双方都渴望改变自我，学会换位思考，他们大概还能在一起。有时候，申请离婚就是一记警钟。婚外情虽然总能有效引起伴侣对你的关注，但这种伤害带来的影响会经久不散。

玛德琳为爱付出了多少？她的家、她的职业，以及她的感情生活都混乱不堪。她留下了一把秘密钥匙，这意味着他们争吵过许多次，而她不知所措。她甚至没法走进自己的公司。她的母亲，以及雇员都想要保护她，然后她失去了自己宝贝的猫。

从她描述的那个故事来看，她的男朋友经常发火，经常和人吵架。就我过去的经验，让其中一位改变脾气，同时预示着规则的改变。而另一方正准备着最终判决书，公平与否也就成了相对的事。我的一部分工作便是扮演拳击裁判，待坏脾气的一方出拳。这种男女之间像擂台拳击一样的互相伤害，我足足看了二十年。

对夫妻双方，有四种习惯性的行为会毁掉婚姻：批判、轻视、戒备，以及逃避。根据心理学家约翰·戈德曼的研究，一旦长期存在上述四种行为，就意味着双方的关系即将进入尾声。他将这四种行为称为"天启四骑士"。

每一个"骑士"都会为下一个"骑士"的出现铺平道路。批判指的是对伴侣的个性展开攻击，比如"你总是"或者"你从来没有"。当然，如果一方本就忽视了另一方的合理要求，这种情绪会更加高涨。轻视源于愤恨，被视作最具破坏性和侮辱性的冲突。当面辱骂、讽刺、挖苦，以及中伤，都属于这种情况。戒备意味着逃避责任，扮演受害者角色。"我本来好好的，就是你……"逃避表示拒绝参与。最终，拒绝参与的伴侣会彻底终止这段关系，转身离开。

不论玛德琳和男友之间存在哪几种因素，我怀疑那把秘密钥匙不仅仅因为她需要物理上的通行，还象征着他们的感情世界。在玛德琳简述的故事里，她显然想要倾诉，她需要别人的建议和帮助。当然，如果她的男友用"我们没法谈了"来肆意终止这段关系，她的焦虑大概能堆到天上。若是她吵嚷着继续纠缠，只要有几句指责和批评的话语，都会让他更加轻视。由此，他会对她设置一道感情障碍，并随着时间的推移，变成货真价实的围墙，墙上只有一扇窄门，只有一把秘密钥匙能打开它。

什么能让爱情历久弥新？在调查了上千对伴侣后，戈德曼发现，一天时间中，一对伴侣至少需要五次正向互动和一次负面的互动。这个比例只能保证他们不离婚。一对幸福的伴侣会拥有更高的比例，大概是二十比一。正向互动包括眼神交流、情感表达、语言支持、赠送礼物，等等。

如果你的互动本身就是体贴的，不用太多工夫就能保持住这种友好的氛围。微笑，每隔一段时间牵着伴侣的手。当他们想换工作时，不要移开你的目光。衣着整洁，同时告诉对方："你看上去真不错。"幸福的伴侣懂得如何妥协和接纳，明白争论时要就事论事，并设身处地为对方着想，并了解他们伴侣解决冲突的具体方式。比方说，一方倾向于用讨论来解决问题，而另一方习惯于思考，这就需要两人找到折中的交流方式，讨论者的话语需要更有效率，并留有缓和的余地，作为回报，喜好安静思考的一方也要花时间说出自己的想法。

对幸福夫妇的调查表明，交流时的心率维持在九十五或者更低水平，双方的沟通更为有效。而被赶出门外的玛德琳几乎跟种马一样躁动，即使安静下来，她的心跳也一定在九十四徘徊。她是个极具感染力的人，虽处于这种状况，她也未曾抱怨甚至诋毁过前男友。她似乎还在思考自己的为人处世，回忆着自己的感情生活，究竟在哪里走上了岔路？

我认为，玛德琳的当务之急，是听从自己的声音。这听上去像要她把选择权交到任何一个人手里。但她对我透露得太多，对我讲述了整个事情的前因后果，甚至与她要保密的原计划相悖。玛德琳的性格坚强，很有创业精神，工作特别勤奋，可我仍希望她能有另外一种勇气，用自己的感受去作决定的勇气——无论对错。玛德琳需要时间成长，但发现真正的自己，可能要一辈子那么长。一如深度心理学的创始人卡尔·荣格的观点，人的心理要到五十多岁才最终成熟（我个人觉得这个观点挺鼓舞人心的）。

但我也不想玛德琳放弃她的勇气，一旦失去，她就没法从劫难中迅速恢复过来。"那张照片太棒了，"我这么形容那张启事，"你的猫站在狗拉着的雪橇上面，那是每个人想象中的阿拉斯加。"

"噢，那不是凯蒂的照片。"玛德琳漫不经心地说。我震惊得不行。"那是一只名叫'危险'的狗场猫。我从没给凯蒂照过相，但是他跟'危险'长得一模一样。"

我被骗了整整两次。是不是所有的犯罪电影都会情节反转？所以，她果然是那种蛇蝎美人吧——我还为凯蒂所倾倒，但事实证明，那其实是"危险"。这让我有些受挫——感觉就像詹姆斯·斯图尔克一路追踪谋杀，终于爬上了最高一级台阶却意外倒下。最后挂电话前，她讲述了最后的忏悔——我有些糊涂了。

WHERE'S JOE?

HAVE YOU SEEN JOE?

He's been missing since Friday, July 5.

He's a 7-year old, black and white male cat weighing about 13lb.

If you have seen him please call
(434) 555-8122

第十二只猫　温哥华的乔

我们本该好好庆祝一下卡莉丝以最优等的成绩拿到硕士学位的，但当我们抵达时，南茜·道尔发现了一张绝佳的寻猫启事。而卡莉丝一点也不愿意如此。我们刚刚飞过加拿大白雪皑皑的落基山脉，降落在温哥华。这座城市就像散落在海边的宝石，空气湿润，景色葱翠。就在我们乘坐出租车前往旅店的途中，天上的乌云已经聚到了一块。当我们紧张地站在人行道上，焦急地寻找着行程中描述的豪华旅店时，司机飞快地启动离开。此刻，在我们面前的是一栋有些歪斜的建筑，水泥铺的前院里有一个陶瓷做的驴子。此外，一个塑料制的红鼻子侏儒相当煞风景。

"这是你的错，"我微笑着对卡莉丝说，"你预订的房。"

我们往城里出发，试图找一所像样的酒店，但没留意到这片社区并不适合旅游者。我们听到了各种各样的外国话。而我的手机信号全无。

大雨倾盆而下，我们不得不冒雨通过无家可归者的聚集区，长约一千米的路程中，我们经过了数不清的街头毒品交易点。那些人追着我们问："想要些好货吗？"

"不用，"卡莉丝回答道，"我们可不想死于非命。"

之后我们沿着一家商店的雨棚奔跑，正是在这个时候，我发现了那张贴在窗户外的启事。启事上的照片很讨人喜欢，有着燕尾服花色的乔蜷缩在洗手池里，紧接着还有一段非常吸引人的标题：乔去哪里了？对于一只躺在洗手池里的猫，我毫无抵抗能力，迫不及待地想赶紧找到酒店，立刻打电话给猫主人。但走了几千米，终于来到市中心后，我们发现这里正要举行一年一度的烟花比赛，来自中国、巴拉圭和匈牙利的代表队都在市中心。"所有的酒店都没有房间？"我重复了一次，我实在很难平静下来，尤其是在衣服湿透，上面的水能滴到大理石地板的情况下。拉迪森酒店的前台工作人员给了我一个同情的眼神，示意我们可以坐在大厅。

卡莉丝闷闷不乐地坐了下来。

过了一会儿，门童让我们跟着她，一路把我们领到了住处。那是一间会议厅，将桌子挪开摆上床后，我扭伤了脖子。卡莉丝从行李里翻找了一会儿，把最后一颗镇痛药给了我。过了二十分钟，冰袋才送过来，我用尚能动的手拨打了电话，然后我听到了这句话："猫回家了。"

那是一个三代同堂的亚裔家庭，我打过去时，是祖父接的电话。他的口音很重，会的英语也不多。他用简短的词组，一字一顿地回答了我的问题。"车库，窗户，锁住了，人们搬家，房子空了，一个男人发现了猫，打电话给房东，猫放出来了。"他通过重复字符的方式结束了故事，"找了乔七天，房东第八天来，猫回家了。"

这段表述似乎很混乱，但故事简单至极——乔失踪了七天，然后邻居发现他待在空空如也的车库里。显然，在前一任房客忙着打包搬家时，乔溜进了车库。当他们整理完毕，锁上房子和车库，驾车离去时，完全没有留意到乔的存在。一周后，一位邻居经过，恰好从窗户里瞥见乔被困在车库，立刻通知了乔的家人。

接着，乔的家人通知了房东，后者在第二天放出了乔。我试着打探更多的救援细节，但祖父只是很激动地重复道："猫回家了！猫回家了！"

尽管对话不同寻常，但这似乎是个关于协调的故事：邻居，乔的主人，以及房东，就像一台运转良好的钟表上的钝齿和齿轮。我买下这个钟，就不会怀疑它的报时有误。

几周后我们回到纽约，正赶上一场雷雨，这让我想起了温哥华的雨天，还有乔。他真的没事吗？这场温哥华之旅有点不对劲。所有事物都跟看上去的不大一样。一周没有水和食物，乔真的能活下来？我决定打电话回去问问。

这一回，一位约莫二十岁的年轻人接了电话。他的音调颇高，吐词清晰，没有半点口音。"我们想不到乔去哪里了。"林很有礼貌地说。他告诉我，每个人都很喜爱乔，但他十七岁的妹妹才是正式的主人，是她制作的启事。

林的妹妹在十岁时收养了还是小猫的乔。他总是四处晃荡，从浴室洗手台到室外的任何地方。他性格温和，喜欢陪伴在人左右。他是个黏人精，从不爱独自待着。

林讲述的故事和他祖父讲的很相似。当房客们忙着搬家时，乔肯定是溜进了车库。最后，有位邻居从窗户看见了他，这才通知了林的家庭。乔的困境很符合室外猫失踪的理论：假设一只室外猫并非在故意躲藏，那一定是生病、受困，或者死亡了。

"当乔最后出来时，"林说，"我们发现他掉了不少肉。"

"他还好吧？"

"他长成胖子了，"林戏谑道，"他早就把失去的重量补回来了。我们把他宠坏了。""宠坏了"隶属于执着型的猫主人。但就在我询问有关救援活动前，林随口补充道：“发现乔是在第五天，但直到第八天，房东才出现。”

我看了眼自己的笔记，难道是我写错数字了？

“你祖父说乔是在第七天被发现的，隔天就被救出来了。”

“不是，”林很肯定地说，“联系房东花了几天时间，因为没人知道他是谁。我们找到一个有房东联系方式的人，在我们打过去后，他没有立刻回复。所以我们又等了一天。”

但乔已经被发现了啊，而且，当第五天、第六天，甚至第七天过去，他居然还没被救出来。我震惊了。在过去，拯救任务只有两种可能的结局，要么猫被救出，要么就永远离开了。从什么时候起，等待成了一个可行的选项？

“你的意思是，没人试着把乔救出来？”我说，仍旧寻找着同我想法一致的答案。

“我们选择继续等待。”林淡然说道。

我不清楚该如何思考了。我并非期待每个人都像我一样，仅仅凭借着一个烟不离手的灵媒不到六十秒的通灵，就闯进邻居家救出了我的猫。但这个家庭的无所作为太不寻常了。

“等待是唯一的选择吗？”我问。

“噢，是的，家里的长辈和年轻人讨论了很久。”林说，他的语气听上去很正式。

“是关于什么的讨论？”

“年轻人不想继续等待，但长辈们不同意，认为这样很失礼。”

“年轻人想闯进去？”

“是啊，但长辈不让。那是房东的财产，他们担心会惹恼他。”

“你父母也赞成？”

“他们同意我祖父的意见。”

家里的年轻人守在车库的窗户外面。屋顶漏水，他们紧贴着玻璃，鼻子压得扁扁的，看着乔舔着水坑里的雨水。

"等待很难受吧？"我问。

如果那个决定让林沮丧，或者他认为应该换一种方式，他也不会说出口，至少不会直接表达。所以，他没有正面回答我的问题，而是概括性地总结道："对我们全家而言都不容易。"他不可能将家庭矛盾讲给外人听，我能理解，但我希望听见一些细节，有着不同信仰的几代成员是如何协调彼此关系的。

后来我才意识到，在乔的救援问题上我完全是出自一种本能反应。我是一名美国人，我的反应自然基于自身的文化价值观：遵循自力更生，渴望得到控制权，尊重个人的选择。照我的观点，就应当不计任何代价，立即将乔救出来！想到这里，我又犹豫了。这种感受固然源自我的个性，但同样也是美国文化熏陶下的结果。如果我是美国文化的产物，乔的家庭也是他们文化的产物。

通常，人们辨别是非的能力最早学自家庭。在治疗时，我总会提醒自己这一点。当然了，完全不同的文化、种族以及信仰都会影响家庭的价值观。我试图撇开自己的文化特质，这能帮助我站在纯粹的心理学立场，以旁观者的角度分析人们对生活的描述。他们的世界是分层的，以现有的和个人的历史填充，无论他们是否注意，这其中还包括了他们的文化传承。即使他们的家徽上写着："我们都是傻瓜。"

对于不同的社会群体，心理治疗师必须知道哪些疗法对其有效，哪些对其有害。莫妮卡·麦戈德里克医师首创了家庭治疗，她想知道在治疗中种族和文化是如何影响家庭的。族裔、信仰、家庭角色、对权威的态度以及性别是如何影响决策的？她的研究着重于哪些群体更想要获得治疗，哪些群体在逃避治疗，以及这背后的原因。例如，亚裔群体大多对心理治疗没兴趣，他们不喜欢将私人感想透露给陌生人。犹太裔则很享受这种自我探索，看伍迪·艾伦的电影就能得出这个结论。通常来说，爱尔兰裔天主教信徒会把自己的真情实感误认为是多愁善感，长期的教规约束之下，有些甚至会责怪自己"拥有"感情。波兰裔则更喜欢分析行为变化。

亚裔移民家庭通常不会将他们的问题说给局外人听，接受心理治疗更被看作可耻的事（"只有疯子才会找心理治疗师。"）。在家中掌权的往往是父亲，向外求援对他来说非常丢脸，因为这意味着他失去了控制权。

但我有许多美国土生土长的亚裔病人，他们遇到的问题在多数移民家庭非常普遍。他们与父母陷入一个可悲的困局中，两个不同的世界相互冲突，自然融合的可能性几乎不存在。比方说，作为第一代移民，孩子们都希望与父亲取得感情上的互动，但在父亲的旧观念里，他表达爱意的最好方式是维持家庭生计——感情交流和赞美不是他为父的责任。如我过去所见，尽管双方仍旧爱着彼此，但父亲从未得到他想要的尊重，而已经成年的孩子仍旧处于被误解的地位。

按照林的说法，乔的受困让整个家庭相当为难。但不同辈分的两代人在讲述时，会更着重于自身情感倾向的那一部分（甚至还有数字上的支持）。从香港移民到美国的祖父，对乔的回归感到由衷高兴，但他讲述的故事不过是亚洲版的《为所应为》。个体的行为代表着整个家庭，甚至包括早已逝去的祖先。在祖父的年轻时代，社会的分工合作相当重要。等祖父成为一家之主后，他的责任是维护家庭的荣誉和社会秩序。他的故事重心在所有权、社会关系以及和谐上。他通过维持家庭的荣誉，来表达他对家人的关爱。

但爱不能阻止改变。祖父的世界与现代社会同时并存，而他的孙辈正被后者融合。林的故事着重描述了隔代的冲突——那份忠诚分裂了。或许，他们对父母和祖父母敬爱有加，但在一个不拘礼节，重视个人主义和自我表达的社会中，他们也有了自己的需求和愿望

（"乔，我现在就闯进来。"）。对于移民的后代来说，融入美国社会是一个渐进的过程，它从不温和。实际上，那就是他们的职责。他们在西方社会读书和成长，毫无疑问，这是他们想要的归属地。那只猫的名字就表明了这一点，他是完完全全的美国人或者加拿大人——乔！

年轻的一代还学到了什么？什么是爱？他们懂得如何协调了吗？让我们来一次有理有据的推测吧，对比一下两种可能的结局，以及后果。

第一幕：年轻人站在车库外，隔着窗户盯着被困在里面的乔。

第二幕：他们撬开了车库，把乔救了出来。

在哪一个场景中，爱更容易与忠诚或者背叛联系在一起？或者感到爱、尊重以及承诺是一种负担？哪一个场景让年轻人心中对爱的感受与爱的信念之间形成分裂？这场家养猫的混战所代表的不过是冰山一角。这个三代同堂的家庭每天都有决策要作，各种夹杂的问题都包含了融合与传统。每天的生活里都充满了决策、协商与妥协。

乔的主人为爱做了什么？这取决于同你对话的那个人。

REWARD

LOST CAT. FAMILY HEARTBROKEN

LOVING PET LOST MONDAY, NOV. 16.
WEST 90th STREET VICINITY.
SMALL BROWN STRIPED FEMALE.
WEARING LEOPARD BROWN COLLAR.
PHONE # AND ADDRESS ON TAG.
  HER NAME "LUCY"

PLEASE HELP US IF YOU SEE HER!

Lucy (cat)	Lucy (cat)	Lucy (cat)	Lucy (cat)	Lucy (cat)	Lucy (cat)	Lucy (cat)	Lucy (cat)
212-555-8989	212-555-8989	212-555-8989	212-555-8989	212-555-8989	212-555-8989	212-555-8989	212-555-8989

第十三只猫　百老汇的露西

　　老实说，露西的主人并没有伸出欢迎之手。从他的行为来看，他显然是那种不爱交流的类型，同拥有社交能力的执着型主人相比，他既不健谈，也没有吸引人的地方，跟那些人完全相反。问候的过程挺顺畅的，至少我是这么认为。但就在我进行完标准的自我介绍后，他什么话也没说。我低下头看了看启事，露西显得娇小可人。她有一双害羞的眼睛，仿佛在避免与全世界接触。她的着装很有品位，戴着细条的豹纹项圈。露西是一个"上城女孩"，我几乎听到了比利·乔尔的同名歌曲。

　　随着几秒钟的时间缓慢流过，我意识到是自己在哼唱那首歌。露西的主人让我反思起我对猫主人的分类法，或许我需要第三种类别。"有独特风格的猫主人"似乎是个合适的名词。然后，他总算说话了，只吐出了一个词，用一种抑扬顿挫的英式口音念出了露西的名字，每一个音节都保留了下来，直到这个词成为一个充满蔑视的问句。"露西？"

　　这张启事贴在上西城百老汇的路灯上，那里有六条车道供轿车、的士以及巴士疾驰。"你做的启事特别温馨。"我说，然后尽力将自己最热情、友好的声音展示出来，"我希望你能找到她。"又是一阵沉默，就在我等待他的下一个字眼时，脑子里闪现过另一位不情愿的猫主人，在谈话中，那个家伙也不愿回答我的问题。

这或许不算什么准确的例子，但这种阴沉的类型仿佛只有男性才有。那是一只叫巴特·辛普森的奶黄色猫，他在北卡罗来纳州高速路上的一个休息站丢失了。当我拨通电话，询问他的情况时，猫主人的回应也很抗拒——就好像法律限制他说话似的——只用单音节回答问题。但在他挂断电话以前，至少主动问过我一次。

"你为什么要关心这事？"他问。

那年晚些时候，我又与另一只公猫的主人不期而遇。当时我刚结束三天的假期回家，便在我的车道尽头的电话亭上发现了一张寻猫启事。那是一张黑白的复印件。显然，猫已经走失了两天甚至更久。一个男人接了我的电话，但我几乎听不到他的声音。

"信号太差了。"我喊道。

他也喊话回来："我在摇滚音乐会现场呢！"

"找到你的猫了吗？"

"不，还没有。"那边的声音含糊不清，淹没在一片尖叫声中。

"谁在找你的猫？"我对着话筒大吼。

"我有一些票……"背景音梆梆作响。

"什么？"

"我有一些票。他可能会自己回家吧。"

"祝你好运。"我一字一顿地嚷道。

大家都知道，即便是妻子和女朋友连拖带拽地把男人赶进心理咨询室，他们也很不情愿与治疗师交流，男人通常会这么说："我到这里来，只是因为我老婆希望我这么做。"如果我稍加挖掘，就会发现某些人被各种各样的原因所困，或者已经放弃听取妻子的意见了。作为回报，她会把任何一次小争吵都写进报告，以此陈述他们的婚姻状态。

一次偶然的机会，我在同事彼得·罗滕博格那里见到一对伴侣。男士会对医生的建议言听计从，对自己妻子的建议却嗤之以鼻。比方说，在一次夫妻问诊期间，妻子提出要把家中窗户的漏缝填上，这样可以节省冬天的供暖费用。"又不是你来付这个钱。"她的丈夫如此表达。"那你到底在乎什么？"彼得对丈夫也是一番疾言厉色，同时提出了几个建议让他选，最后眨了眨眼睛，"晚上如果想让老婆跟你睡觉，白天就得对她和颜悦色。"

不过，我发现男性更容易治疗。他们对情感的处理方式完全与女性不同。他们想要信息。他们对自我探索充满兴趣，一旦开始，很快就能发现过去的经历与现阶段生活出现的问题之间的联系。

迪安是一名成功的房地产开发商，交游广阔。他四十岁才结婚，有了两个孩子，四年后就离婚了。迪安的过去让人感到好奇，他从未恋爱过，但他赢得了圈子里最有魅力的女士。少年时代，他身材矮小，并且满脸粉刺。他告诉我，成年后他对女性的诸如追求、征服、抛弃等行为，都源于少年时代的愤恨。他不乐意谈论自己的感情。

几个月后，他的情感伪装消失了。"过去我曾说过，之所以进入房地产行业是因为我父亲认为这门生意不错。我捏造了这个故事，到最后连自己都骗过去了。父亲和我从未有过一次有意义的谈话。当我和孩子在一起时，"他的眼睛有些湿润，继续说道，"我总担心我不会是一个好父亲。"而他对女人的征服欲有了新的解释。"当我和女人相处时，我不知道该怎么做，所以我试着往性方面发展。对我来说，这比看不清自己好多了。"

当人们不那么慎言时，我会开心许多，但露西的主人还不准备卸下他的伪装。他的猫似乎要成为一桩悬案了。然后我听见手机里"唔"的一声。

太好了，他还有心跳。

"你瞧，"我准备这么说，"我只是一个没有恶意的寻猫启事侦探。如果你想做背景调查，你会发现我有一份正式职业。人们喜欢跟我聊天，还会为此付钱，有时候他们还会提前上门。"

我想气氛轻松些，至少能鼓励他开口。露西还活着吗？敲一下代表是，敲两下代表否。但他还在电话的另一头磨蹭，仿佛在等待完整的需求清单（"如果还想见到你的宝贝露西，就寄一百美元的无记号支票来。"）。

也是在这时，我恍然大悟。他觉得我是个骗子！

他的确有理由怀疑。骗子也会读很多的寻猫启事。如今这世道，启事上的任何信息都能为外人打扰你的私人生活提供便利。寻找宠物的网站会警告主人严防诈骗。不要将你的名字或者住址放在启事上，如果有悬赏，也不要写明具体金额。在网站和报纸上登广告时，私人信息要缩减至最少。永远不要写出猫所有的辨识特征。当陌生人来电，不要告诉他们任何可用来诈骗你的信息。比方说，千万别问："这只猫的左爪上有斑点吗？"而是说："请描述下这只猫。"

如果你为一只流浪猫做了寻找主人的广告，当有人来电宣称他是这只猫的主人时，请让对方描述这只猫的特征。同时你得很明确地告诉对方，你会将猫送过去，但绝对不要独自前往。在对方出示猫的所有权证明，例如兽医记录或者家庭照片前，将猫留在车上。

诈骗的方式多种多样。一个常见的骗局需要团队合作。其中一人会致电主人，说他们找到一只猫。核对过几个特征之后，猫主人会意识到那只猫的特征并不吻合。到了这时，骗子已经从主人口中知悉了猫的重要信息。与丢失的爱猫擦肩而过，只会让主人倍感无助。接下来，另一位同伙会拨通电话："我找到你的猫了。"之后所有的特征描述都会与失踪猫完全吻合。在归还猫以前，满怀感激的主人会支付一笔钱作为回报。通常，他们收到钱才能将猫"寄"回来。

聪明人怎么会受骗上当呢？脆弱会冲昏人的头脑。

远程诈骗更为流行。某些人在网站或者传单上看到你的寻猫启事。然而不幸的是，他是一名"货车司机"，恰巧在自己的车上发现了你的猫，当然，此刻他已经在几百里外的路上了，并且，还带着你生病的猫去看了兽医。你只需要将医疗费电汇过去，他就能让一位顺道的司机朋友将你的猫送回来。

更恶毒的诈骗还包括恐吓。诈骗者看见了你的广告，假装找到了你走失的猫，但会以"毛球"的安危来威胁你，除非你支付赎金。

在美国境内，或者跨境的领养也会有很多诈骗的机会。一个广告可能会这么写："寻找一个温馨的家"，"没有精力照顾"，或者"已搬家，必须将他送走"。尽管领养免费，但你很快就会发现寄送需要费用。等你答应并支付了寄送费，又会收到新的信息，猫还需要兽医治疗或者海关没有允许猫入境。

伊芙琳·琼斯制定了一系列严格的领养政策来防止诈骗。她想要防止猫在被领养后又被转卖到研究机构。但是，很多小偷只会从后院或者车里把猫偷走，成批地将猫卖给阴险狡诈的经销商，伪造好文书，再将猫卖到研究机构。

一些特殊或者稀有品种的猫被偷的风险更高，只要有一个毫无防备心的买家，这样的猫就能卖出高价。在北好莱坞的商场外面，我看见窗户上贴着一张寻找虎猫的启事。虎猫看上去像是虎和美洲豹的杂交品种。心碎的主人在上面写道："他们担心自己被偷走的猫永远回不来了。"

在我意识到南茜·道尔的身份遭受质疑后，我重整心态，将露西的主人移出坏脾气的类型。谨慎行事很重要。关于寻猫启事，有一个令人不安的事实是，那些启事是有魔力的——其中的真诚与脆弱——也是诓骗主人的工具。

实际上，骗子无处不在。据估算，为了获取想要的东西，有过不道德行为的人占总人口比例的百分之二到百分之五。这意味着社会上有上百万人缺乏必要的道德准则，并且分布在各个阶层中。他们中的某些人还会来进行心理治疗。

用声音来辨别真伪是一种可行的方法。研究表明，在只听到声音的情况下，判断对方是否在说谎会更加准确。如果听声音的同时能看到对方的表情，那么辨别起来相对更困难。眼神接触、面部语言，以及微笑都能干扰纯粹的聆听，分散我们的注意力。

十几年前我就发现，将一位新客人的谈话放在留声机里播放，能为我了解他们的心理状态提供新的思路。我能从声音里听见韵律、节奏、活力，吐字的清晰度，表达清晰还是含意模糊，充满自信还是冷酷无情，真实诚恳还是表里不一，甚至说谎的意图何在。有一次，一位女士用着梦游般的语气，隔着电话向我介绍她自己，声音听上去就像劳伦·白考尔扮演的纽约客。

"你为什么要来接受心理治疗？"

"我的未婚夫有了信任危机。"

"他不信任谁？"我问，然后意识到自己出自本能地不相信她。

"我是一名脱衣舞者，"她说着，带着艺术家的骄傲。在她的描述里，她放弃了儿科医生的工作，因为剧院能与她的灵魂对话。"我的未婚夫发现我真正的工作了。"

"你做了什么他不知道的事？"我难以想象她的职业素养。

"他不清楚我在跳钢管舞。"

"他为什么会不知道呢？"

"为了保护他，我说了谎。他不理解。你没有说过一些善意的谎言吗？"

"所以你需要哪种形式的治疗？单人，还是伴侣一起？"

"是的，我的未婚夫不相信我，也不理解我。"

或许，对露西的主人来说，我的话听上去就像那位脱衣舞娘之于我一样不可信任。但他并没有挂断电话，我也没有再询问任何有关走失的猫或者主人的家庭等听上去像有诈骗企图的问题——为了证明自己的真诚。只是诚恳地将我储存已久的全部热情浓缩成了一句话："希望她不会在街上流浪。"几秒钟后，他总算串联了一个句子。

那是一种我用来对付电话销售人员的音调，表示自己一点兴趣也没有。"五天后，隔着褐色石墙，我们听到一声猫叫从自家后院传来。"电话就此断线了。

WE HAVE LOST MUFFIN

Muffin is a gray striped, very lovable
male cat.

He likes to sun himself on the sidewalk
on Leed Street and meet passersby

Muffin has a very distinctive meow.

Muffin has been missing since Monday,
September 14th.

If you have any information about him,
please call us at (881) 555-2311

第十四只猫　老猫和马芬

15世纪的日本诗人小林一茶在诗中这样写道：

出去，

归来，

一只猫的爱。

这张启事的开头读起来像一首悲伤的绯句："我们失去了马芬。"它贴在罗密欧熟食店耻辱墙一般的特制公告板上。罗密欧是一位热心肠的意大利人，还允许顾客使用个人支票付款。而那些用空头支票付账的名字会被钉在耻辱的公告板上，上面用红墨水写着"欠款"。

整个社区的居民都会光顾这家熟食店。短暂的午餐时刻，顾客们会抢着坐在大黄伞的阴影下，但也有一位老顾客乐意待在太阳底下。那是马芬的长兄，老猫，一只体型巨大的灰色虎斑猫，在罗密欧享用午餐是他的生活常态。

这是康涅狄格州，老猫就住在我所在的纽黑文地区，整条街道都耸立着维多利亚式建筑，最初是为那些大家庭修建的，现在则大多住着耶鲁大学的学生。这里的猫很幸福，住在维多利亚式的房子里，终日躺在宽大的前廊里打盹，望着四处溜达的学者们——尤其是对老猫而言。老猫喜欢陌生人。每天，老猫都会跟着不同的人前往熟食店。真要说来，我还喂过他一些罗密欧做的吞拿鱼，这只大虎斑就在我椅子下吃饭。他不会推或磨蹭你的腿，或者用那种"你不喂我就要饿死了"的喵喵叫来讨食。他只会看着你的眼睛，静静地等待。而你就此起了恻隐之心，噢，我忘记喂他了。

当然，他不是一开始就叫老猫。在领养仪式时，他也是有名字的。但他的中年危机刚过，就将"铲屎官"抛到一边，连那台红色的跑车也不要了。老猫的晨间运动可能抄袭自迈阿密养老院的活动板。大清早他会在人行道上拉伸身体，逗逗鸟。中午一到，他就开始四处溜达，选一个路过的人，跟着他走向"早起者的限时供应"——罗密欧午餐服务。

顾客们坐在室外的餐桌旁，将肉球、吞拿鱼和鸡肉条喂给老猫吃。罗密欧虽然一直忙着上菜和清理餐桌，很少能休息片刻，但只要有时间也会喂下老猫，吃饱后的老猫会散步回家，久久地睡上一觉，到了三点，沙狐球比赛开始前，他会准时醒来。

然后马芬来了。他是一只银色长毛猫，喜欢追逐自己在墙上的影子。他喜欢老猫。有时候，他们会互相舔毛清理，然后遵从礼节一样睡在一块。当住在老房子的学生想找马芬时，会先到老猫这里来。每天他俩散步前往熟食店时，马芬跟在老猫的侧后方，离他最好的朋友十步到二十步的距离。两年来，历经新英格兰的严冬酷暑，两只猫仍旧成对前往熟食店，从未饿着肚子离开。马芬和老猫，就像耶鲁大学穿梭巴士刺耳的刹车声那样，成为风景线的一部分。看上去，他们应该很安全。

然后，有个夏天，一只未拴绳的狗攻击并咬死了老猫，每个认识老猫的人都震惊极了。三个照顾他的学生很担心马芬，失去了朋友和导师，马芬会好好的吗？最初的几天，他们将他留在屋子里，但他并不习惯待在室内。学生带着他到卧室玩，他喵喵直叫，声音里充满了失落。其余时候，马芬的声音战抖而凄厉，他想念老猫。学生们只好把他放了出来。

尽管如今他独自出行，马芬仍遵循过去的惯例。他继续在人行道上晒太阳，跟着陌生人前往罗密欧的熟食店享用午餐，然后慢慢溜达回家。几个月后，所有的事情似乎都回到了正轨。树叶开始变色，它们的边缘逐渐被熏染上些许的金色和红色。那是一个秋高气爽的午后，马芬蹑手蹑脚地从人行道走向熟食店。那天晚些时候，他并没有回家，学生们跟着他以往的路线来到熟食店，但没有人说得出所以然来。马芬消失了。

回到老房子，学生将他们的悲伤写在了淡绿色的纸上。他们注明失踪日期，并在下面写道："马芬是一只非常讨人喜欢的公猫，拥有银色斑纹。他喜欢在林登街的人行道上晒太阳，与路人交流。马芬有着与众不同的叫声……如果有任何信息，请拨打……"

"与众不同的叫声"指的是什么？很有趣还是声音很大？是呱呱直叫还是如奏鸣曲一般？

过了一个月，我才发现挂在熟食店墙上的这张启事。它不像我遇见的其他启事，会冲着你大喊大叫。它的油墨很浅，没有任何照片，缺少寻猫启事瞬间能让人辨认的特质。五年的侦探经验告诉我，过期的启事仍能发挥作用，我决定给马芬的主人打个电话。

三人之中，最在乎马芬的学生跟我通了电话。亨利甚至不再期待马芬的归来，我问他可能发生了什么事，就听到他在话筒那头叹气。"老猫死后，马芬就没恢复过来，"他说，"不知为何，他太过忧伤，甚至不大理会我们了。他大概跟着一位路人回家了，他们接纳了他，并且跟我们一样爱他。"

他想象中的童话结局让我无言以对。挂断电话后，我回想着他的遣词造句，想到了查克，他的归来本身也像童话故事似的——闯进邻居紧锁的空房进行雷霆救援。亨利没有任何机会解救他的猫。在他的想象中，他的猫在平行宇宙中幸福生活，这样的结局是一个老生常谈的话题，坚信走失的猫有机会展开一段新的生活。在他隐蔽的内心世界，马芬仍旧活蹦乱跳的。这是亨利给自己的慰藉。

我们总是渴望着重生，即使没有，至少也期盼过来生。我也试着去想象——马芬蜷缩在沙发里，就在不远的街道，安全，备受宠爱。我愿意相信这个设想。亨利让我想起了软蛋的主人，她希望自己的爱能保护软蛋，免受那只恶猫的伤害。亨利的爱走得更远，照亮了另一个未知世界，在那里，马芬未曾失去任何东西，安好，且受人照料。

亨利的结局还让我想到了艾克尔斯，四年前我与霍莉的最后一次通话。她一直相信，只要自己能找到新的寻找方法，一定会和艾克尔斯重聚。分离的日子里，艾克尔斯会安全地、自由自在地活着。我喜欢这样的想法——她和亨利都相信希望——爱，能复活一切。

马芬失踪的同时，有位新客人到访。她面临的问题我前所未见，也可能不会再遇到。希望于她，成了一种折磨。

"我的父亲离开了。"在第一次治疗时，桑德拉说。当时她闭上眼，眼皮颤动了几下，又再度睁开。

"我很抱歉。"我以为她的父亲刚离开人世，"他是怎么去世的？"

"不是，"她说，再一次地闭上了眼睛，"他失踪了。"

她二十五岁，在一所健身房担任私人教练。两个月前，已经离婚的父亲就没再给她回过电话。她是家中的独女，一开始，她不清楚该如何解释他的沉默。在她的描述里，他是个不同寻常的古怪父亲，她非常爱他。他是一名哲学家、艺术家，尽管拥有大量的信托基金，但生活俭朴，住在一间小工作室里。当桑德拉还是一个小女孩时，她的父亲就带着她走遍了纽约的博物馆和公园，而这些滋养着她的内心世界。但在一日三餐和送她上学这两件事上，他从来不准时。

"他喜欢独处，"她说，"他不时会出门，但总会打电话回家。我住在丹佛的祖母也不清楚他会去哪儿。为此她雇了一名私家侦探。"

她的父亲一旦失踪，寻找他就将变得非常困难。他相貌平平，经济独立，从不使用信用卡。他既不喝酒，也不服用毒品，甚至没有任何医疗记录和警局档案。她的父亲可以到任何地方旅行，也可能在纽约城凭空蒸发。

三个月过去了。桑德拉担心她的父亲已经过世，或者病倒，她无所倚靠，更觉得自己被抛弃了。想法一旦产生就很难将其抹去，对她的父亲而言，她或许从来都不重要，她的哀伤也变得更加支离破碎。难道他开始了一段新生活？

那之后不久，她和一位著名演员搅在了一块儿。"我觉得自己爱上他了，"她兴奋地说，"我们特别谈得来。"桑德拉没法接受现有的情况，她渴望的显然要比"谈得来"更近一层。这位著名演员喜欢她，但还没有到爱的地步。他们的感情纠葛起起伏伏，几乎占据了她治疗的所有内容。

大概过了十个月，当她发现那名演员在和别的女人约会时，桑德拉结束了这段恋情。她的悲伤变成一种催化剂，让她看到装点父女关系的新方式。实际上，那名演员和她父亲很相似，都不可信赖，但她喜欢父亲的被动，以及她母亲主动出击的风格。母亲曾经要求他换一所更大的公寓，这样她可以搬去一起住。但他的回应跟其他人用来逃避的那套说辞没什么两样，"我得去超市了。"有一回，父亲还毫不客气地对母亲说过，他不想要小孩，而她是一个意外。

父亲可能会一整天不和她说话，然后突然间又情绪高涨。"我认为，他对我很失望。"桑德拉回忆道，"我曾看着书，试着不动也不发出声音，等着他再次跟我说话。"十六岁时，桑德拉离家出走，在欧洲某地找了一份餐厅服务员的工作。

渐渐地，桑德拉意识到，她的童年生活其实是父亲努力让自己正常化的一次长期尝试。古怪意味着精神紊乱，他以自己独有的方式爱着她，但他感情的沟通能力很有限。她哀悼的那个父亲只存在于她的想象中，抛下对他的这种想象，能够让她产生一种自怜自艾的情绪。她父亲从未领会到孩子，甚至是成年人，需要持续性的感情抚慰才能感受到爱与安全感。在他的内心深处，从未抛弃过她。

一旦意识到她父亲不曾拥有那些情感，桑德拉停止了想象，从因为父亲不爱她而离去的恐惧中解脱出来。她不再渴望那个从未有过的，有着她和她爱的父亲的家。她也不再对现在的情感抱有希望——那个演员永远也不会给她的承诺。

随着新的认知，桑德拉又找回了她爱的那个父亲——那个陪她读书，教会她素描和水彩，带着她前往中央公园，耐心细致地讲解植物学和天文学的父亲。她记得那个男人牵着她的手，一路走到动物园，北极熊游过水下洞穴的时刻吓得她连声大叫。

在治疗过程中，我经常要求客人想象他们父母的本质——如果他们无须与自己的缺陷抗争，尽最大努力好好生活，一切会怎么样？当客人想象脱下面具、卸下防备的父母，看到他们想要对孩子付出的爱远远超出其自身能力的时候，客人的肩头逐渐放松，呼吸随之平缓。修复过去创伤的最好方式，其实是修复他们的现在。

一个月后，桑德拉的祖母来电，找到她的父亲了，他就住在俄勒冈州波特兰的一间短租房里。桑德拉飞过去找他。他很高兴见到她，但他并不明白这有什么可大惊小怪的，他喜欢住在那个短租房里。

"我们坐在一张破旧沙发上，"说到这儿，她的语气柔和极了，"我哭着对他说我很爱他，他说他爱着我。"

"现场情况看上去有些……不真实，是吗？"

她的眼神肯定了这一点。"但我看见他喜欢他的世界，并且安全无忧。我就很开心地搭飞机回到自己的世界了，我所喜欢的世界。"

马芬的新世界只存在于亨利的想象中，而桑德拉还有机会去拜访失踪至爱所在的世界。她收到了一份馈赠——去父亲的平行宇宙中看望他的机会。

丢失父亲，
找回父亲，
一个女孩的爱。

October 20

<u>Zak</u> has wandered away again and he took his tag off!!!

Our cat is missing <u>AGAIN</u>

Friendly, full-sized, male, neutered
Orange-Tabby Cat

Please call (203) 555-1333.

Characteristics of our loving cat

A. Loves food, travel, and people in the neighborhood

B. Has thoroughly mastered the art of taking his collar off.

C. Lives on State Street

D. Tends to elude his cat-sitter when his parents go on vacation (i.e. last weekend)

E. Makes direct eye-contact and seems hungry even though he has his own cat door and has known how
    to get in, eat his own food, and curl up wherever he likes. Nonetheless, curiosity continuously calls.

Please return him to State Street or call (203) 555-1333.

第十五只猫　查克的续集

查克，就像一个聪明的街头混混。在街头的阿马托意式餐厅里，他可以赊到一份吞拿鱼，悠闲地在厨房后门享用。等到周六的晚上，他可以跟着门卫混进酒吧，欣赏乐队演奏。凌晨一点酒吧打烊后，醉醺醺的年轻女士会拨通我的电话，让我无比后悔给查克的脖子套上铭牌。"你的猫咪似乎迷路了，"她们对着电话，含糊不清地说，"你应该赶来接他，他就在酒吧。"

"谢谢，但他不会迷路，那是他周六约会的地方。他喜欢音乐，很安全，真的。这是一条没有分岔的路。"

"不，他就是迷路了！"她们坚持道，过量的龙舌兰酒让她们很粗鲁。再过一会儿，女孩们又会哭哭啼啼，多愁善感地说道："我不想他被车撞到。"她们全都眼泪汪汪，我只好跌跌撞撞地跳下床，套上夹克，趿拉着木屐，一路走到街尾。我的目的不是解救查克，而是让那些女孩闭嘴，不用担心她们干出把查克带回家之类的蠢事，让我睡上一个好觉。

在酒吧门口，我不顾查克的意愿，将他揽入怀中，但我总会在走过两三栋房子后又将他放下，他很享受他的自由。我清楚，当他准备妥当时，他会回到家中当个居家好猫。

基本上，查克喜欢他遇到的所有人，也清楚谁能够帮他打开罐头。他的爪子并不灵巧，但头脑聪明、诡计多端，很好地弥补了这一点。他那副"饥饿的孤儿"的形象很具有欺骗性。纽黑文是一个大学之城，总会有新来的邻居。他用那副"我无家可归，请一定要喂我"的作态骗了不少人。有时候他做得过头了，不仅骗到一顿晚餐，连早餐都很丰盛。

对查克禁足是好几年前的事了，在邻居搬走后，我从未因为他偶尔的夜不归宿操过心，但他广受邻居们的喜爱是个问题。查克躺在前院阶梯前的时候，总会有陌生人忍不住上前抚摸他。若是正好看见我，他们就会问："这就是他住的地方？"

"对啊。"

"他经常过来看我，我就住在那边。"他们会指着另外一条街说，"有一天晚上我喂过他，他还留宿了，真是太可爱了。"

有一晚，他未经许可跑到别人家过夜，卡莉丝就制订了一个宣传计划——个人的长期寻猫贴纸。按照她的说法，这是以备查克走丢后的启事。从他的那些骗人把戏屡屡奏效起，我们就一直将这些"战略物资"存放在屋里，到时候填上失踪日期即可。

才没过多久，我们就有机会测试了。一天，查克没来吃早餐，难道又去别人家享用早餐了？一位好心人让他进屋了？我们走到马路对面的电话亭，刚要在上面张贴早已准备好的启事，就看到电话亭的另一面贴着一张猫咪的招领启事，上面赫然写着几个大字："饥饿的橘色虎斑猫。"

显然，查克的"巫术"又奏效了。他大概举着锡罐，在某人门口喵喵直叫："我是一只瞎猫，赏点吃的吧。"

我们匆匆赶往启事上的地址。显然，查克的活动范围不限于陌生人家的平层。他沿着敞开的前门，一路溜达着爬上楼梯，走进二楼的一间公寓。房间的主人是一位性情和蔼的学生，生活悠闲得像一个摇滚歌手。学生以为查克无家可归，因为他身上没有项圈，还止不住地叫。结果让学生产生误会，觉得查克肯定饿极了。他并不知道，当查克很喜欢某个人时，他会喵喵直叫表示问好。但我认为，无论是人还是动物，拿出食物本身就代表一种欢迎的态度，我们总想为他们做点事（"饿了吗？快坐下吃点，别客气！"）。查克享受了一顿晚餐和接下来的睡衣派对，以及第二天的早餐。同时，一份寻找猫主人的启事被四处张贴起来。然后我就出现了，带着他回家，处以禁闭。

这件事没有影响到查克。二十四小时后，他又走上街头，欺骗了另一位刚从中西部来的好心肠的耶鲁新生。但现在，我们已经准备好了。

我永远都不可能知道，查克如此渴望与人相处的缘由，究竟是他的天性，还是我的后天教导。如果是他的基因走了好运，那么能选中他，就是我走了好运。我愿意相信是我的爱和照料影响了他。与他相遇时，他只有六周大，而我才开始读心理学博士学位，正在学习婴儿的依恋理论——研究婴儿和蹒跚学步的孩子如何从照看者身上获得安全感。所以我把查克当作婴儿，并对他的要求给出回应。如果他在半夜号哭，我就将他抱起。如果他想依偎在我的胸口，我就顺从他，即使那样会打扰到我的睡眠。当他朝我喵喵叫时，我也回以猫叫。我也不知道自己说了什么，但他会在我的双腿间磨蹭，以此作为回应。

我承认自己是一位宽容的家长，但也希望能让查克感到自信和依赖。在他尚幼时，我带着他出门爬树。屋前有一棵高大的枫树，查克抓着树干往上爬，结果爬得太高吓得不敢下来了。我不得不让朱迪带着梯子上门。然后我拿着一小块火鸡肉爬了上去，将肉摆在树干上，闻到肉香的查克，就这样学着在树干上转身。当他够得着火鸡肉时，我一把抓住他，顺着梯子走下来。他试图舔我的手，因为上面沾有火鸡的肉汁。

他的爬树技巧花了好几个月才逐渐娴熟，这期间我不得不经常沿着街区四处找他："小查克！小查克！"直到一声哀伤的喵呜声从橡木树顶传来。再后来，他学会了爬楼，回家时敲开我卧室的窗户进屋。爱没有蒙住我的眼睛。查克具有真正的吸引力，有一位公正无私的证人可以为我证明。这位证人就住在隔壁，扎着马尾，嬉皮士打扮。我们从未聊过天，仅限于点头之交。一天中午，我坐在门廊前，他骑着自行车停了下来，说他要搬家了，"我可以回来拜访吗？"我困惑极了。紧接着他补充道："你知道的……拜访查克。他真是一只好猫！他每天过来，跟我一起出门。"我还琢磨着会不会有监护权听证会和探视上的麻烦，方案就已经出来了。

查克或许性格友善，但还是有区别对待的时候，他喜欢袭击大型犬。我曾试着警告一位路过屋子的女士，让她拉紧那只德国牧羊犬。我站在前廊，朝她喊道："我的猫会攻击狗，你最好去街对面。"她看着我那躺在人行道上、体重十三斤的猫，又看了眼自己七十斤重的"杀戮机器"，毫无顾虑地继续向前，走向毁灭之路。也不知查克是听见，还是嗅到了动物的到来。突然之间，他腾空而起，冲着那只狗扑了过去。他挥舞左前爪，对着狗的脸就是一巴掌。牧羊犬刚一吼叫，查克便立即退了回来，速度比射出的子弹还快。接下来，女士只好牵着狗去了街对面。

查克又回去打盹了。

有些事情很容易就能被认为是生命中的里程碑：毕业，搬家，开始或者结束一段关系，家人或者朋友的亡故。时间也会留下一些微妙的痕迹，但事过境迁后我们才能把它看清，因为彼时我们都太忙了。我们没有意识到，不同的人物、地点和宠物将我们的生命划分成几个时代，用记忆贯穿在一起。想起一个时代的一部分，其他的记忆就会一并复苏。而猫就是其中的主线。

我和查克在一起的日子超过十年。我在纽约的实习有声有色，两年间，卡莉丝和我继续着在纽黑文与城市之间穿梭的生活。我总是开着卧室的窗户，这样查克就可以爬上松树，从这里进出。由此，他拥有了他的自由、朋友，以及街头恶作剧。我清楚，如果将他带进城市的窄小公寓，他只会痛苦不堪。为了保证查克不会感到孤单，我拜托一位朋友搬进了客房。两年的时间里，我、卡莉丝与查克一起生活，查克还是老样子。

有一次我回家，看见他在人行道上闲逛。我摸了摸他的脖子，然后上楼放行李。卡莉丝和他待在院子里，一分钟后，我听见她在大叫："查克爬不上树了。"我朝窗户看去，他拼命抓住树干，悬在树的中间。他的爪子完全陷了进去，而前臂看上去就要脱力了。我喊着他的名字，他应声看过来。"小查克。"我继续呼唤。卡莉丝站在树下，防止他掉下来。在我们的温言鼓励下，他总算爬到了顶端，这也是最后一次。

兽医的想法很好，他试着在几周内用一种混合疗法，他相信查克能挺过去，我也相信他会变得更好。室外猫的平均寿命才八岁，查克的岁数远远高于这个，他已经十六岁了，但我不相信保险精算的那套表格。在我心里，查克起码能活到二十岁。

我回纽约工作后，每天都和兽医保持通话。他等待着药物生效，施展它们的魔法。那是一家猫咪医院，查克待在那儿很安全，备受照顾，我还是很放心的。或许再睡几觉，他就能回到原有的生活中。周末的时候，我们会前往医院探望他。但到了第三个周末，当我抱起他，将他脆弱的身体搂在怀中，只觉得内心充满了恐惧。小查克的生命即将凋零。

我带着他回家，我与卡莉丝还有他一起共度周末。只要我想，他就容我一直抱着他。某一刻，我将他留给了卡莉丝，下楼前往厨房，但她冲着我大喊："查克的耳朵随着你转呢，他想跟着你。"我走上楼再度搂着他，他将爪子放在我的脸颊，这是在道别。我告诉他："查克，你走吧，没关系的。"

我一直抱着他，或许两分钟，也或许是十分钟，我真的不清楚。我只知道，我望着他的眼睛直到他停止呼吸。我从未经历过这样的场合，他的呼吸永远地停止了。当一切结束，我无法说话，甚至无法移开目光。死亡不会带来安慰，只有时间可以，但我等不到那么久了，我没法让他离开我的臂弯。

然后，奇迹发生了。几秒钟后，查克变得年轻了，他变换了体型与语调。他的身体变得柔软，在我怀里，他更加轻盈。他的毛色也在转变，从黯淡褪色到闪闪发亮的橘色。他黄色的眼睛熠熠生辉。当日历的最后一页停止翻动，查克不再是那个成年的他了。他还是小查克，那只少年时期的、还在练习爬树的小猫。我喜欢他容光焕发的样子，但他怎么能重回青春，并且看上去如此真实？

但我并不孤单。卡莉丝也看见了。查克的灵魂将身体变回了本来的模样，这就是慰藉。我们会记得查克在世的情形——他是一只特别活泼和快乐的猫。

这之后，我们来到后院，将查克埋在冥想花园里。他以前喜欢躲在这儿。院子中央是茂密繁盛的枝条，虎皮百合点缀其间。最里面，是一尊小小的站佛雕塑，象征平安喜乐。就在我们挖掘坟墓时，我仍旧能感觉到查克，他不止在我心底，还在我胸口。那不是瞬息间的情感或者渴望，而是实实在在地察觉到，他以另一种形式存在。我领悟到死亡的真相，无论躯壳存在还是消失，我并没有失去什么，因为灵魂永生。来自查克的慰藉，让我感觉到母亲、姐姐，以及父亲的存在。

就在我的胸口，我仍旧能感觉到他的体温和重量。三天后，我坐在花园的长凳上，回想起他躲在落叶堆里，阳光洒落在他脸上的情景，忽然间，我再也感觉不到他的存在了。我没有向卡莉丝提起这件事，我觉得她最好按照自己的时间去悼念。又过了三天，我暗示卡莉丝，查克已经走远了。

"我清楚，"她说，"他三天前离开了。"不再受病痛以及身体的束缚，查克的灵魂回到了源头。我们为他感到欣慰，他走了那么远，终于回家了。

"你要再养一只猫吗？"一个月后，有位客人问道。

"我还没准备好。"我这样回答。

"当你考虑这件事的时候，"她沉思了一会儿说，"如果你失去了祖母，没人会问你，什么时候再找一位新的？"

"哀伤和时间，会帮我选择一只猫。"我对她说。

这都是真话，我需要时间。查克之死带来的恩惠是非常宝贵的记忆。但时至今日，我仍为他死前的几个月里我的过失耿耿于怀。是我，将他冷落在一边的。

几个月后，卡莉丝和我卖掉了房子，在纽约定居下来。我在纽黑文租了一间办公室，每周都回那边与客人见面。

住在纽约这样的快节奏城市，有利于模糊查克的点滴记忆。我无比珍惜他最终的超脱时刻。随着时间的推移，更多的时候，我为自己在感情上辜负了他所折磨。

如果我留在纽黑文，他还会生病吗？他是不是觉得我抛弃了他？是我让他追寻另外一种生活方式？在他生命的最后几周，我没能陪伴在他身旁。有时候，我希望自己相信宽恕，但除了我自己，没有人能让我平息下来。我需要时间，但不是用于悼念。每当我想起他，我就陷入了自我厌恶。如果没法解决这一点，我只能抛下关于查克的所有念头。

自那以后，卡莉丝偶尔会提及过去的日子，但那只是自然而然地。

不需询问，她清楚我极少谈及他的原因。

但我的朋友和客人仍感到好奇，"你还会养猫吗？"我叹着气，想尽快结束这个话题，"我们的公寓太小了。"我这样回答，尽最大的可能避免念出他的名字。回想过去，我能这么说："看在上帝的份上，我可是一位心理治疗师。我真的坚信自己不配有另一只猫吗？"但答案是肯定的，羞愧与悲痛拽着我不放。

我继续着日常的生活。我看上去和过去没什么差别。我依旧上班，依旧四处拜访朋友。唯独不再收集寻猫启事。我不愿思考关于猫的一切。

然而，六个月之后，一张寻猫启事俘获了我。

HAVE YOU SEEN
ME? I'M A BLACK
& WHITE KITTEN
3½ mos. OLD w/
GREEN HARNESS,
I WAS STOLEN
FROM PENN STATION
ALONG w/ A BLUE
& WHITE TWEED
BAG ON WHEELS.
PLEASE RETURN
To HOMELESS
MARY

第十六只猫 玛丽

　　一场湿雪正落在这张寻找无家可归的玛丽的启事上，上面用黑色记号笔书写的信息，已经有了污点。我瞥了一眼傍晚时分的交通状况，车辆在雨夹雪中龟速前进。当十字路口的车辆拥堵在一块时，我站在人行道旁，看到了这张启事。它没有联系方式——没有电话，没有地址，甚至没有能找到主人的确切地点。这种情况，公众怎么可能帮得上忙？看得我一阵战栗。"无家可归的玛丽"成了她的名字，住址，以及特征，三位一体。

　　我把兜帽朝前拉了拉，以防雨水滴落在眼镜上，想象着玛丽那只三个半月大的小猫，被偷走时是被塞在一个彩色包里，搁在手推车的车筐里。如果玛丽连手推车都一起不见了，她失去的不仅有自己的宠物，还有她所有的财产。尽管她拥有的东西不多，在一个小时的风吹雨打后，连这张寻猫启事也要被毁掉。我取下启事，将它折好放进口袋。待风暴过去，我会将它重新张贴。

　　外面又冷又黑，我累极了，拖着沉重的步伐回到位于第八大道，靠近宾夕法尼亚火车站的公寓。换下衣服，泡好茶后，我将启事摆在厨房的桌子上，继续研究。我钻研起那些字眼，试图得到一些额外的信息。她的书写很整齐，全用的大写字母，略微有点斜。她写下的句子表述很完整，以标点符号结尾，作为手书并不算差，但让我感到了一种幽闭恐惧症。就连空白处也让我不安，让我想到了她空白一片的生活。这是一个无助的人，和她直白的恳求。

待卡莉丝回家，我向她展示了这张启事。"太像了。"她做着鬼脸说，然后转身离开。我怎能如此大意呢？卡莉丝的成长期居无定所，远在这事成为全国性灾难之前。20 世纪 70 年代某一天，她那精神分裂的母亲半夜把卡莉丝和她的妹妹叫醒，领着她们走出公寓便再也没有回家，衣服、玩具以及身份证明全都没拿。她们睡在巴士站、火车站、奇怪的嬉皮士公寓，以及通宵营业的餐馆里。

在生活比较稳定的一段时期，卡莉丝能裹着脏衣服在衣橱里睡觉。到她七岁时，政府出面干预，将两个女孩送到父亲那里。她的父亲是一位退伍军人和宗教狂热分子，结过四次婚，儿女多得已经无力抚养。卡莉丝十二岁时，经常和她的长兄，以及六岁半的弟弟打架。到了十八岁时，她离开了家。抛下自己年幼的弟弟妹妹，是她一生中作出的最艰难选择。

与卡莉丝的相识，完全颠覆了我的思想——再也认不出那个坚信先天选择与后天培养理论的自己了。她有着一种与生俱来的同理心。当然，她也有脾气暴躁的时候，比如开车时，或者处理那些让人沮丧的，没有任何用处的电话录音时。但总的来说，她公正而善良。"我一直试着公平地看待问题，"有一次，她说道，"我的疯子妈妈比邪恶的父亲要好得多，至少她从未尝试过伤害我。"

"你真了不起。"我经常这么说，为她成熟的灵魂和智慧感到惊讶。她如今的生活于我很重要，我希望她尽可能快乐。反过来讲，她给了我罕有的体验。她读懂了我的复杂与矛盾，我是被人理解、为人所知的。

"在我十三岁那年，我就决定要离家出走了，"她告诉我，"我拿到了一张长途巴士的时刻表。五个小时就能到洛杉矶，但我很快意识到，五个小时后，我可能会成为一名童妓。所以我没有出发。"卡莉丝不喜欢谈起她的童年。

"我不该拿出这张启事，吓到你了。"我说，"我很抱歉。"

"别担心，"她在另一个房间说道，"我要玩蜘蛛纸牌了。"

我重新研究起那张启事。它使用了小猫的口吻，"见过我吗？"我不禁有些纳闷，玛丽是在对自己说话吗？把自己称为"无家可归的玛丽"，就像在纽约市隐形了一样，为什么？她又是什么时候切换了自己的生活？

她既然将启事贴在麦迪逊广场花园，我猜她就在不远处过夜，我试图想象她失去居所前的生活。她是否曾居住在被推倒的经济适用房里，如今流离失所成为难民？在纽约城，这是耳熟能详的故事。城市的税收终结了单人间酒店，以及价格适宜的公寓。在原有的地方，开发商修建了豪华公寓与办公楼。1960 年，在拆除原先的宾州火车站后，他们重新规划，修建了地下铁路以及其上的麦迪逊广场花园。就在宾州火车站成为交通枢纽时，没人能料到，它后来也成为无家可归者的聚集地。

我想找到玛丽，为她走失的猫咪表示遗憾。我想将来自其他人的支持继续传递下去，在我张贴寻猫启事时，总会意外地收到很多陌生人的关心和鼓励。我甚至想找一只新的小猫给她，如果她希望如此的话。

我就住在宾州火车站旁，每天都能遇见成打的流浪者。我认得那些熟面孔，但有时候，他们的乞讨行为过于唐突莽撞，让我感到厌烦。我想赠送给玛丽一些东西，绝非零钱之类，而是尊重。当然，如果玛丽想要钱，我也能给她。

我这片街区的熟面孔在行乞时都有各自固定的轨迹，希望玛丽也是如此。否则我该如何找到她？早班高峰期一过，我站在宾州火车站外，询问其他无家可归的人："你见过玛丽吗？"

那是个寒冷的太阳天，一位中年女子站在三十四号街的地铁站台，她身材矮胖，看上去就像乡村大妈。她叫唐娜，一头乱糟糟的棕发，戴着一顶海军蓝的滑雪帽，像是垂耳兔的耳朵一样。她身上穿着好几层毛衣，最外面是一件松开拉链的脏夹克，看见我向她走去，她高兴极了。

"我今天有些孤单，正想找人聊天。"唐娜晃动着腿，主动介绍起她目前的状况。她酗酒，以前是老师。她刚和有虐待倾向的男朋友打了一架，跑到街上，这样一来他没法找到她了。"了解干净的公共厕所的位置很重要，"她前倾着身体说，"麦当劳就很不错。"

唐娜不认识玛丽，我准备离开。她跟在我后边，言语愈发癫狂起来。"先别走。"她说。我试着将一美元放进她的塑料杯里，但她制止了我，那里面还有啤酒。

我又找了名流浪者聊天，这是一位年轻人，收集垃圾箱里的易拉罐。他穿着一件破破烂烂的绿皮衣，头戴兜帽，脸庞隐在了阴影里。他有些害羞，语气柔和，住在二十三号街地铁的站台。他也不认识玛丽。

一定还有更好的办法。

我想去找宾州火车站的警察寻求帮助。信息处的警官只为国土安全部工作，他们所知的信息仅限于自己控制的狭小范围。他们不清楚火车站复杂的构造，也不知道那些流浪者住在哪里。他们的迷彩服在越南一定很受用，但在都市丛林里，沥青色的伪装和坑洼更能发挥作用。他们呵斥我离开，让我前往失物招领处。

宾州火车站的失物招领办公室在一个灰色无窗的小房间里。屋内的荧光灯亮得刺眼，我一进去，就感觉要被诱发出黄疸病或者偏头痛一样。这里就像一间旧货商店，衣架和货架上，各种遗失的背包、皮箱、书、收音机、鞋子等物品堆积如山。（我相信一些东西在这里反复出现。）当然了，这里没有走失动物的存放处，也没有人归还一只小猫。

查尔斯是一位高大英俊的非洲裔美国人，失物招领处的管理员。他有一副低沉的男中音，随意地同我说话，语气很温和。

"这里什么都有啊。"我说，指了指他过分拥挤的桌子。那里有几十副眼镜，等待着近视眼们前来领取。

"凡是我们找到的失物，都没人来认领，"他耸了耸肩膀，"凡是没找到的，却每天都有人打电话询问。"

查尔斯认识玛丽。

"她每天都来找她的猫，时间不怎么固定。"他近乎歉意地补充道，"我不觉得那只猫是真的。"我没明白他的意思。

"那只猫是她臆想出来的。"他说。

"她为虚构出来的小猫打了一个寻找广告？"我不知该相信什么了。"这么做的理由呢？"

"很多无家可归的人都信口胡说，"查尔斯道，"他们无能为力，那些东西在他们脑子里，但都不是真的。行李大概是被偷了，但里面还装着一只猫？我可不这么认为。"在宾州火车站，他认识几个养狗的当地人，但从不知道谁养了猫。"猫截然不同，"他说，"养着不容易，喜欢四处乱逛。"最后他补充道："狗可不这样。"

我完全没料到剧情会如此转折，有些心神不宁，所有的假设都歪曲了，但他确实认识玛丽。

一开始，就在她的猫刚被"偷走"时，玛丽走进了失物招领处，问道："有人归还我的小猫吗？"玛丽来时查尔斯没有抬头。

"她可谓熟门熟路，"他说，"房间里的灯都被打开了。"

她糟糕的卫生状况，以及讨人厌的闲逛是一种提醒。作为中产阶级，这样真实的贫穷让我起了恻隐之心。我并不天真，我生长于文化混合的环境里。我家位于郊区，但父亲在城里教书，整个暑假，我都待在市内的公园。我当过一个妇女避难所的负责人，在康涅狄格州的布里奇波特，为躲避家庭暴力的妇女而建的。我曾把那些施暴的男性说得泪流满面，并且把其中某些人送进监狱。我不反对勇敢和果断，但我想让玛丽不那么窘迫。

查尔斯说，一周后玛丽就没再踏入办公室。她只是站在门后，打开一个刚好能窥视到里面的缝隙。见他摇头，她就说几句感谢的话，然后离开。他不清楚她在哪儿过夜，也不知道她隔日是否会出现。

我需要一个详细的外貌描述，但愿能凭此找到玛丽。查尔斯估计她有四十多岁，但并不确定，毕竟她满面风尘。她有着爱尔兰人红润的肤色，体重超标，但她裹着不合身的毛衣和外套，所以也不好说。

如果查尔斯是对的，那么，无家可归的玛丽患有精神疾病，寻找着一只想象中的猫。如果他错了，那她依然在寻找一只大概永远也找不到的猫。人的幻觉与妄想存在着内在逻辑，有能力的心理学家，会试着去探求其幻想的象征意义。我有一位同事在急症室工作，几年前，他会诊过一位无家可归的女人，她似乎被吓坏了。当问及她的名字时，她安静了几分钟，随后呢喃道："我没有名字，有人把它偷走了。"她的幻觉完全符合描述。她感受不到真实。

玛丽知道她的名字，还给了说明。"无家可归的玛丽"是她用不曾拥有的东西来定义自己，而这个真相诠释了她的整个生活。

不论真假，玛丽的猫对她有着特殊意义——可能是她的挚爱，也可能是爱她的人，还有可能是一段幸福的回忆。我们无从知晓。已近隆冬，我偶尔会停下脚步，询问流浪的女人是否认识玛丽。有时候，我在大街上走着，她那不完整的外貌描述时而闪现，我会询问路边乞讨者是否叫玛丽，但从未有人承认过。我很惊讶，我竟然逐渐产生一丝解脱感。对于毫无结果的事，我没必要迎头而上，亦没有必要去实现它。我已经预支了那部分悲伤，它们都过去了，现在是时候说再见了。

五年的侦探生涯，我经历过最黑暗的故事，南茜·道尔仍旧处于悲痛之中。查克已经离开了六个月，但我并不在乎时间。我只知道查克走了。现在是冬季，我住在纽约，玛丽的启事伤透了我的心。

当我在第八大道反复寻找玛丽时，周边的街区就像加尔各答一样拥挤。我被不同的阶层连番轰炸。富有的婆罗门、中产阶级、游客、穷人，以及贱民，都行走于同一条道路上，走向不同的人生站台。这是在纽约生活的挑战，阶层是一种潜在的影响。我不喜欢急躁的自己，尤其是在面对那些自控力比我差的人时。我应该是更了解情绪的那个人。

那是一个阴冷的冬天。我的流感终于好了。有几个星期，我都没法步行去上班，只能搭乘出租车。两个月来，我一直断断续续地寻找玛丽。我对那种老式的跟踪方法有些着迷，会取消一部分工作，沿着宾州火车站漫步。这似乎有些过火了。再说，我也瞧不起宾州火车站。它的地下商场像坟墓一样堆满了乱七八糟的连锁店铺。天顶太低，噪声又大。人们从四面八方冲你而来，就跟所有的地窖一样，缺乏新鲜空气。但我并不是为了欺骗自己，如果能遇见玛丽，对我而言意义重大。这与她本人无关。

我回去拜访了查尔斯。他上一次见到玛丽已是两周前了，她还在找那只小猫，之后她再没去过。他觉得，她应该是放弃了。终究是一只虚构的小猫。

他坐在办公桌旁，我将背包搁到地板上，和他很随意地讨论起来。我表示玛丽的启事上有很明确的特征——那只小猫黑白相间，三个半月大，戴着绿色的项圈。

“在第五大道，我见过一个无家可归的女人推着金属购物车，”我说，“前座坐的不是孩子，而是一只猫，还有项圈。”

"我已经在这儿工作二十八年了，南茜，"查尔斯耐心地说，"你必须明白，有的人一旦停止服用药物，反而能记得一些事，但可能是对童年的回忆。有个女人在车站周边找了二十年，就为了找一个叫'理查'的人。她日复一日地询问乘客，还有车站的工作人员，拉住他们就说，我在找理查，他去华盛顿了，什么时候才能回来？她看上去像是中产阶级。头发柔顺，衣着整洁。人们帮过她，也给过她钱。然后有一天她突然就消失了。很多时候，你每天都能看见的某个人，说不定哪天就会毫无缘由地离开。"

他觉得玛丽活在幻觉中，甚至已与现实割裂了。也许小时候她养过一只猫。

"她是怎么把猫藏在包里的？"他问我。

我想起她每一次到失物招领处的情形，玛丽把脑袋探进门内，只问查尔斯猫咪的事，而不是丢失的财物。诸如此类的细节让我无法判断，但我也无法相信她。

"你很难辨别什么是真话，"查尔斯说，"一些流浪者有一整套的诡计，或者用虚假身份，提高自己在流浪者群体中的地位。以前有一个流浪汉，总穿着牧师的外套。"他说着，一面摇了摇头。"后来是警察告诉我真相的。你瞧，玛丽有不少同伴。"

最后，查尔斯还是讲了一个他自己的故事。他十三岁的时候，身为纽约警察的父亲把他带到了包厘街。当时，那里是有名的贫民窟，到处都是被命运击败、生活完全垮掉的醉鬼。父亲指着那些躺在地上的酒鬼对他说："你如果辍学的话，就会变成这样。"

查尔斯告诉我，很多年前，城市管制还未严格执行，流浪者们就露宿在宾州火车站。后来，他们中的一些人搬进了老建筑，躲在迷宫般的据点内，那是老火车站未能拆除的一部分，仍旧位于新车站内部。还有几个青少年，一直到二十多岁都住在福利酒店肮脏的浴室里。"他们比任何人都清楚宾州火车站的底细。"查尔斯说，"我看着他们长大。"然后他补充道:"像玛丽那样全靠自己的女人,大概想找一个不受孤立的地方。"

距离我初次见到玛丽的寻猫启事,已有三个月了,天气逐渐回暖。查尔斯说玛丽的外貌也有了变化,似乎瘦了。出于自我保护,冬天的时候她穿得很笨重,让自己看起来更壮实一些。春季时分,她穿着一件脏兮兮的红雨衣,金发鲜艳了几分,她换了一个小小的金属洗衣篮,用来替代被偷走的蓝白相间的呢布拉车。

我们的谈话被一位旅客打断了,他来找他的公文包——落在座位上方的行李架上了。查尔斯帮他找的时候,我仍倚靠在柜台边。我决定放弃寻找玛丽的计划。这或许更为实际,遇见她只会让我更加地困惑,我开始怀疑我到底能给予她什么了。

我希望玛丽拥有一只真正的猫,部分原因在于,她能变得正常些——而不是饱受无家可归和心理疾病的双重折磨,只承受其中之一就够了。我希望她拥有伙伴,以及可以照顾的对象。除了她自己以外,还有另一个生命需要她。我想知道那只猫的真假,当然了,我还想给予慰问。

如果我改变自己陈旧的观点,试着从玛丽的信仰系统理解她呢?就像那个认为名字被偷走的妄想症女人,玛丽寻找走失的猫,可能是其他事情的象征,她丢失了很重要的东西,在寻求帮助。无论猫咪是否是虚构的,她都和其他失主一样——寻找、张贴启事、求邻居帮忙。她没有常住的家,也没有其他资源,可能连能力也不具备,失物招领处就是玛丽的固定地址。她的启事张贴于火车站附近,只是因为那就是她的社区。不论我相信什么,她那只黑白相间的、带着绿脖圈的小猫离开了。到了最后,玛丽和我,和其他失主一样,她失去了亲人。

那个来找公文包的男人失望而去,而我也准备这么做,为我自身的原因感到灰心丧气。

"你认为玛丽真正的故事是什么样的？"

"那可说不上来，"查尔斯说，"大多数时候，无家可归的人不想让你知道，也不想让家人知道，他们跌落得有多深。"

"那么玛丽呢？"

"她失去了多少，我们永远都无从知晓。"

MISSING!
Bailey

PLEASE HELP US!
Reward!

Persian Himalayan, white, long hair
flat nose & face. She's small & 1 yr old.
Call (651) 555-4789
Her family misses her so much.
Please bring her home.

第十七只猫　贝利

有一个关于运气的寓言。一个贫穷的农夫得到一匹骏马，邻居夸他运气不错。农夫说："是好运还是霉运，走着瞧吧。"结果，农夫的儿子从马背跌落，摔断了腿。

邻居说："看来是走霉运了。"

农夫回答："是好运还是霉运，走着瞧吧。"

帝国的军队途径小镇，征召了所有身体健全的年轻男子。农夫的儿子因为腿瘸没被选上。

邻居说："看来是好运气啊。"

"是好运还是霉运，走着瞧吧。"农夫答。

家里的猫咪消失了。

邻居说："运气真差。"

农夫说："走着瞧吧。"

一天夜里，电话响了。话筒另一端是一位女士，她说她是通过网络聊天室中一位失猫主人拿到我的电话号码的。我简直目瞪口呆。我从不上网找侦探活计，也不想将我有限的技能广而告之——喜欢四处打听，热衷于胡须和尾巴。她是怎么听说我的？

最后发现，我要感谢的人是爱丽丝。蒙大拿的麦迪的主人！

"她最近怎么样？"

"还不错……她把号码给我好几年了，但我从未打过。"

"她最后找到麦迪了吗？"

"很不幸，没找到。但她告诉我，你曾通过灵媒找到了猫。如果方便的话，可以把灵媒的电话给我吗？"

或许我该打个满含同情的寻猫广告——WWW .CATPOSTER SLEUTH .COM。

杰美的故事充满了谜团。她愿意付出惊人的时间寻找她的贝利，包括制作三张不同的寻猫启事。与我通话之后，她将所有的启事模板寄了过来。一年前的某天，杰美从后院跑回屋接听电话，前后不过三分钟，她的贝利——两只白色长毛喜马拉雅幼猫之一，穿过栅栏板条间的缝隙，失去了踪影。一开始，杰美和她的伴侣步行搜索无果。到了午夜，他们只好开着车，穿行在马萨诸塞州的郊区，打开远光灯四处扫射。

她看见路边有只白毛球般的小猫，立即跳下了车，任由汽车亮着灯，轰隆隆地停在路中央。杰美晃动她的手电筒，朝着小猫大喊："贝利，贝利。"但他并没有扑向她的臂弯，而是再一次跑掉，消失在树林中。

"是我自己毁掉了机会，"她说，"猫刚到我家不久。我应该保持冷静，慢慢贴近他。"

几天后的晚上，两个邻居听见了猫叫，当他们打开前院的灯，看见一只白色的猫蹿进了灌木丛。但杰美听到这件事时，已经是第二年了——邻居从未告诉过他们。这是惰性造成的，绝非有什么恶意。

这也不算秘密。

当杰美意识到找回贝利有多么困难后，她策划了多媒体活动，像注射了类固醇一样兴奋，制作了大量的寻猫启事。一位专业摄影师曾为贝利，以及他的孪生姐姐照过一组特写。

"我把贝利的照片放大到一米，然后将它们贴在胶合板上。"她抑制不住内心的自豪。按照她的说法，这个高级社区新近建成，她将六份启事直接贴在这些暴发户邻居的出入口处了。

接下来，她复印了七百张传单，将它们塞进了邻居的信箱里。她还在报纸上刊登过广告。"有个朋友在当地电视台给了我一个镜头，"杰美说，"我设置了五百美元的奖励，只求贝利回来，可惜我没这个运气。"

杰美的宣传活动产生了立竿见影的效果，有的人扯下她的巨幅启事，扔到地上，等她将启事捡起来重新贴回去后，对方又把它们扯了下来。她决心赢得这场战役，还买来航空缆绳，将启事捆绑好挂了起来，换来的是被人剪断缆绳并偷走了其中的四张。到了晚上，她甚至接到一个陌生男人打来的电话，对方呜咽着说："喵，我好冷，好饿啊。"

这是相当卑鄙、幼稚的行为，但说句心里话，我觉得更像是嘲笑。我猜测有人被杰米的宣传行为惹恼了，把无理取闹当成了乐趣，这完全是黑色幽默。如果是我，对着巨大的寻猫启事，会有什么样的间接反应呢？它们会把公众对失去猫咪的天然同情推到一边，满心疑惑地想："这个见鬼的女人到底是谁？"

几个月来，那个骚扰杰美的男人每天晚上都会打来电话。电信公司表示他用的是公共电话。有一天，杰美正站在院子里，一个男人停下车大吼道："我受够你那些操蛋的启事了，我想揍你一顿！"杰美给州警察局打了两通电话（当地没有警察局），两名州警都拒绝在电脑系统上查询那人的车牌，因为他们需要上级批复"特别文件"。在她第三次致电时，另一位州警查看了资料，那辆车属于一个精神不稳定的老男人。他就是那位匿名来电者。"他这人活得很不开心。"杰美说，她没有起诉对方。

这个老头并非个例，摩天大楼一般的寻猫启事让很多人感到不快。"邻居们希望我把那些启事通通扯掉。"她用一种平铺直叙的口吻说道。

谈得越多，我对杰美这些行为的态度就愈发不确定。她显得愤愤不平，但并非出于被人指控或者责备后的怀恨心理。在回答我的问题以前，她似乎思虑已久。

"你有没有考虑过，人们并不想每天都开车经过这么大的启事？"我问。

"我太想找到贝利了，但是没有人会去注意那种小张的启事。"她说。在我看来，她的简短解释合情合理。于是，尽管遭到邻居们的抗议，浮夸的宣传活动仍然持续着。

"你是怎么处理这些事的，被骚扰，被警察忽略，被邻居讨厌？"

"尽管发生了许多事，"她说，"但我仍然觉得，在内心深处，人们都是向善的，不论他们有多少毛病。"

在贝利消失以前，杰美有一套例行的晨间活动，包括每日的冥想、祈祷、阅读宗教书籍。在一阵干笑后，她对我说，她应该告知亚西西的圣人方济各，那位动物的保护者。

"或许你该把钱花在他的雕塑上，摆在花园里，有小动物趴在他脚边的那种？"

"然后把他摆在篱笆边，好呼唤贝利回家。"杰美轻快的声音掩盖不住浓厚的思念。

这一回，她丰富的精神世界没能抵御住抑郁。"即使有家庭成员去世，我也只会沉痛哀悼一番，不至于抑郁。不知怎么的，贝利的失踪完全不同，我没法甩开它，朋友们都建议我吃些抗抑郁的药。"

"那你考虑过吗？"

"我认为这只是深层悲伤的开始，我必须克服它。"

她目前的症状符合中度抑郁症？——悲伤，难以集中注意力，绝望，敏感。她的轻度抑郁源于生活的改变，过渡时期的悲伤，丢失的信任，个人的变化，还是哀悼？我明白她不愿意采取药物治疗的原因。对她而言，这不是真正的救赎。她想理解悲伤的本质，以及自我恢复的能力。

作为一家媒体公司的专业调音师，她专注于工作，但也没有放弃搜索。贝利就在附近，她能感受到，这让她愈发绝望。朋友们说服她去联系了当地的灵媒。听到这里，我有些惊讶，她是需要第二位灵媒的意见，还是说这一系列行为都是方向性错误？杰美补充了幕后的故事。

在全面解析之前，她测试了一下那位俄亥俄州灵媒的精准度。她能描述贝利的外貌吗？通过测试，灵媒给出了一个非常详尽的描述，关于一栋房子和其中的居住者的。杰美惊诧不已，因为那就是她的邻居。杰美八岁的侄子与邻居家的孩子同属一个足球队。杰美毫不犹豫地叩响了对方的大门。这位母亲承认，一个月前在他们的后院见过贝利。

"他看上去饿坏了。"她含糊其词地说，眼神闪烁着。"但他逃走了，之后我就不清楚了。我是真想帮助你。"

杰美不知所措，这位母亲在撒谎。她明明知道的。贝利是那种喜欢赖在人膝盖上的猫，长相甜美，很讨人喜欢。他就在他们屋子里，藏了起来。这家人当然见过寻猫启事，那张巨大的启事，宇航员在外太空都能看见。那她为什么不把贝利的事告诉杰美？只有一个解释：她的邻居偷走了贝利。

杰美回到家中，如受重创，她甚至没法呼吸了。她的情绪跌宕起伏，每时每刻都在变化——高兴、恐惧、反感、困惑、无助、宽慰。

她简直可以用这些词玩接龙游戏了。但有一个念头是凌驾于其他之上的：要怎样做，才能把被偷走的贝利带回家？

她询问了动物检疫局的意见。"我们只管狗，"他们说，"再说了，你有什么证据吗？"即使有照片，宠物的所有权与主人也很难被确认。警察会将此归结为民事纠纷，而非刑事犯罪，除非涉及私闯民宅。他们不愿被牵扯进邻居之间的所有权纠纷中。

经过一番深思熟虑后，杰美决定从邻居的孩子入手。她担心会让邻居一家陷入争端，决心制造一次偶然的相遇，造成的伤害相对而言小很多。他们可能会透露一点有价值的消息，她只需要保持足够的亲和力就行了。

但第二天的下午二点，她只觉恶心。她走到巴士站，领侄子回家，顺便和邻居家的孩子们聊了几句："最近怎么样？"

他们说："还不错。"带着那种典型的、孩子才会有的害羞。

"你们家的新猫怎么样了？"她生硬地问道。

"呃……"儿子和女儿都结巴了，眼睛直盯着地面。没有一个人点头，也没有人说："他还不错。"

"我转变了话题，"杰美很愧疚，将话题换成了学校的足球比赛。"他们挺不开心，看上去，家里人让他们对新来的猫绝口不提。"

杰美被那位母亲气得不轻。偷了她的猫是一种罪过，要求孩子说谎是错上加错。真正让杰美愤怒的是第三个，与之相比，别的罪过都显得苍白无力。这位母亲担任着一个需要公众信任的职务，一名儿科医师。"她就不该和孩子待在一起。"杰美提高了音量，她曾经相信的美好世界，在这一刻分崩离析。

贝利的下落已经证据确凿。在接下来的几个月里，她的很多朋友都亲眼看见，他就在邻居家的客厅里，白色的脸蛋抵在窗户边。当然了，杰美也经常路过，她透过三个不同的窗户看见过贝利。

我从椅子上站起身。我必须四处走动，才能将这场对话进行下去，如果我确信我的邻居绑架了查克，而他们拒绝承认，我会控制不住情绪，怒火中烧。既然公平被打压，那我只能选择复仇。

但杰美做了什么呢？她在邻居门口的电话亭上张贴了更多的启事。"当时，我期待着他们家自己吵起来，"她说，"我期待善良最终能占据上风。一些朋友建议我在那家人离开后闯进屋子，但我很害怕这么干。"她仍然希望能在不违反法律的前提下救回她的猫。

整个冬季都是一场煎熬。每隔几个星期，她就能在窗户边看见贝利。她当面问过对方，得到的同样是否定答案。杰美说："我搞不明白，为什么要偷走贝利？他们可以自己养一只白猫啊。"

夏天转瞬即至，贝利已经"失踪"九个月了。当然，很多人并不知道他是被偷走的，并且就住在附近。杰美的一位朋友在超市工作，偶然听见一伙聒噪的青少年准备去捉弄伤心的猫主人。一位少女给杰美打来电话。"我看见一只野狼在啃着毛团，所以别找了。"她说，"你的猫死了。"杰美和女孩的母亲谈起这件事，但对方不认为这里有什么问题。

我能理解原因。一年的搜索，让她的邻居们受够了那只该死的猫（"早该放弃了！"），但这并不能当成是那些不良行为的借口。

"你不需要其他灵媒的意见。"我说，和多数人的意见一致。"第一个灵媒已经给了你想要的了。"杰美没有说话。"或许，你朋友是对的，你该想个办法进屋。"

"我不知道该怎么做。"

"你盯好那栋房子，等所有人离开后，就进门带走你的猫。"

杰美仍在担心违反法律的问题，我完全能够理解，但她未曾提过犹豫不决的原因。"我不知道怎么进去。"她反复说道。我怀疑这是意志的问题。

"你需要勇气。"我盘算着以后的对策，因为今天不适合，她体内的战士休眠了。

"我再看看吧，有没有别的方法带回贝利。"杰美的茫然无措显然要持续下去，和这样的她道别，对我而言并不容易。接下来的几个月，她的故事在我脑子里盘旋。那种不公平，遭受背叛，丢失信任，以及为找回猫发起的单打独斗，这些东西彻底撕碎了她生活的华丽外衣。就像查克走后，我拼命避免自己被撕裂一样。

猫走失后她就没有恢复过来，如今更站在了悬崖边上。和她聊天时，我意识到为什么有些主人更容易找到他们的猫。这取决于性格、生活方式、个人所处的人生阶段，甚至是养宠物的经验——以上所有的因素影响着决策。这些变量就是"合作小组"，这个小组会仔细检查猫咪失踪时的情况。随着信息的变化，队伍会不断改变计划。

又过了几个月，我关于怎么找到贝利的那些假想成真了。我拨通了一个免费服务电话，号码来自一张纽约的寻猫启事，而后意外地发现，话筒对面的先生写过书，他在第一本书里描写了如何寻找失踪宠物。接到我的电话，他是这样回复的："福尔摩斯·伯恩斯，失踪宠物追踪者。"我没有听错吧？如果不算上《王牌威龙》，我从未听过现实中存在宠物侦探，你甚至没法给这项工作制定准则。但艺术是来源于生活的。他是为明星服务的宠物侦探，找到了金·凯瑞电影胶卷外的狗。在我们的谈话中，乔治，别名福尔摩斯·伯恩斯，解释了他的常规步骤，让我看见了彼此在专业上的共通之处。我们都需要评定客户，调查他们达成目标的潜在能力。"对于失踪的猫，我会建立一个心理学档案，和寻找失踪人口差不多。"他解释道，"我研究猫的性格、活动规律、喜好以及厌恶的东西。你也必须了解这只猫对街道的反应，对不同类型的街道不尽相同。当然了，我还会关注失踪本身——当时的环境、细节、天气、地理、交通状态，诸如此类。"

这番至理名言真该按字数收费，但他一次的咨询费用只需一百五十美元，包含次数不限的回电。"客人有时候会听取我的建议，"乔治说，"有时候则不然，天知道为什么。我可以为人延展正在进行的事项，以我的经验提升他们的运气。"这听上去也像我面对客人时的经历。一部分人不愿意遵循我的建议。他们胡思乱想，还会针对我。但为什么要抗拒一个宠物侦探呢？听从他三十年经验得出的建议，你可以找到线索，或者直接找回毛球，何乐而不为？

"我也建立了宠物主人的档案，"乔治说，"这个必须得做。如果我不了解他们的能力、意愿，以及行动力，我该如何制订一个贴切实际的计划？有时候，你得帮助客人自救。"

这也是我工作的一部分。乔治与我探讨着客人面对建议时的反应，究竟是引发恐惧，鼓舞勇气，还是好奇心膨胀？我一直坚信，只要一个人拥有自己的信念，活力也会陪伴在他左右。如果你真的确实非常想完成某件事，你必定精神焕发。杰美的内心充满了渴望，但她仍然束手束脚。不幸的是，偷回她的猫是最后唯一的选择了。我仿佛能听见杰美冲着天空呐喊："贝利，我正在召唤勇气去援救你！"

一年之后，我发现自己还在想杰美的事。她是如何处理的？救出猫咪了吗？贝利如今住哪儿？除此之外，唯一在我脑海中萦绕的，还有无家可归的玛丽的故事，她的不幸生活让人难以忘却。从个人的角度，杰美的选择让我痛苦极了。她明明离真相那么近了。你正在为你的所爱而战斗！三年内，我给杰美打过三次电话，全是出于情不自禁。

我们第二次通话时，我发现杰美的精神状态很糟糕。就在我们初次聊天之后的几个月，她走进过邻居家的房子，但窗户里露出了一张新面孔，是一只狗的。凭直觉，她知道贝利不住这儿了，但她得弄清这件事。等到无人在家时，她战抖着，推开了车库的门，那里没有上锁。她的心脏怦怦直跳，经过门槛，走进了邪恶女王的城堡。她急匆匆地走过每一个房间，客厅里的两只猫飞快掠过她的身旁，没有一只是白色的。杰美沉默了。狗冲着她吠叫，她不想制造噪声吓到贝利，但这里已没有贝利可吓了。

她关闭车库门时，脸上泪痕斑斑。

她走上马路。她喉咙紧绷，终于溃不成军，发出阵阵呜咽声。回家的路上，她一直在哭。另一个直觉让她震惊，她已经感觉到了：贝利被他们送到某位亲戚家了。"他去宇宙了，而我只能选择放手。"杰美说，"贝利永远地离开了。"

我很伤心，杰美向亚西西的圣人方济各祈祷过吗？我回忆起她被爱催促着做卜的所有事。这个坚强、固执的女人惹恼了整个社区，忍耐长达一年的骚扰，独自面对警察，与小偷当面对峙，做了七百张启事，在一个网络聊天室里联系了灵媒，还有寻猫侦探。但就在数月前，就在她有能力拯救贝利时，她内心的某一部分在拒绝。当她最终跨入罪犯的窝点，人质却早已被转移走了。

"没有什么比这一刻更让我开心了。"那位宠物侦探告诉我，"每当人们致电，告诉我他们找到了自己的猫或狗时。但有些时候，我的工作就是接连不断地吊唁。"贝利最终无可辩驳的失踪让杰美的悲伤又多了一层，她开始自责。"我得找一个面对自己的办法。"她说着，回忆起一连串过去的选择，但这样做并不能解决问题。对猫的天性缺乏了解是她最大的失败。如果不是这样，初次发现贝利在路边时，她就能救下贝利。"我不该吓他的。"

失去，为她的"奥德赛"打开另外一扇门。我想寓言里的农夫也留下了这样一扇门。在失去贝利这件事上，她想有所补偿。她开始捐款，主要捐给与猫咪相关的事物，购买无伤害的陷阱，捕捉流浪猫。最多的时候，她和她的伴侣收留了十二只无家可归的猫。她的目标越来越大，所以我提议她建一个猫咪收容所。

"和猫相处越久,我越了解自我。有些时候,我想不明白,我这么爱的贝利怎么就被带走了?但我养了很多猫。一开始,他们都很害怕和陌生人接触,而我感觉得到他们通过身体表达出来的恐惧。这么说吧,我能感受到他们的灵魂。我无条件地爱着他们,他们全身心地放松,然后我明白了我身体里的那些恐惧。在有机会时,我没能带贝利回家。这个恐惧控制了我的生活,但这种疼痛变成了一种恩赐。贝利鼓舞着我,如何正确面对我的人生。"即使是这样,想到其他人的行为时,她仍旧不太平静。为什么警察、动物防疫站,以及邻居的反应会那么糟糕?我能说清原因吗?

"我可以就他们的行为进行假设,"我告诉她,"但我将他们看成你人生中的配角,而这是一部讲述英雄经历的电影。"这是一个普世的主题——为了或多或少的利益,或者灵魂中隐蔽的需求,你被推进了一条黑暗的隧道。熟悉的舒适感离你远去,你必须直面黑暗,唯一的出路是正视你自己的阴暗面。转动你陷在污泥里的轮胎是一个恰当的隐喻,你没法调转车头,无法回到过去。你期待着救援,或者命运的转机,但想要出去就只能一路向前。

生活不会告诉我们当代英雄内心的旅途。我们想象着他人屠杀巨龙,穿越位面,将不朽的魔戒丢入永恒的火焰,但现实中的英雄往往穿着平凡,不会罩着国王的锦袍。我们的外部世界由购物商城、高速公路、失业、婚后口角,以及数不清的自我毁灭的选择构成,在面对自身的问题时,所耗的时间是无尽的——忍受不知何时开始,以及将要何时结束痛苦需要勇气。

"经历了苦难不代表会变得更开心,但你会更坚强、更明智。"我对杰美说,"你就是英雄。"

"我明白,很多人不愿相信别人,或者坦诚相对,甚至毫无逻辑地做事。"杰美说,"放弃人文主义的那一套观点相当伤人。"美好世界中的裂缝永久地存在了下去。

178

　　我和杰美最后一次通话是在一年后。没有查克，生活翻开新的一页，我又开始收集寻猫启事。我没有能力平息自己的内心，在那儿，有两个小人互相指责，所以我回到我擅长的事务上——帮助其他人。将注意力转移到其他猫主人身上，我就此躲藏起来，这是显而易见的事。在杰美寻找猫的故事里，有一个明显但被忽视的线索，就像一个凸起的死结。我想不通她行动与描述中的矛盾。再一次地，我想问她，在贝利失踪后的最初一段时间，她的意图究竟是什么。

　　"你寻找贝利的时候，用了很激进的宣传，那有意义吗？"我问，"你一定清楚，到了某种程度，只会引发逆反心理。"

　　"我很生邻居的气，"杰美总算能讲出口了，她的语调彰显出她无须将情感自我分化到精神自我之外。"我希望他们为贝利而战。他们没有行动，而我的行动毫无用处，这两件事都让我愤怒。"

　　我能理解。当人们产生愤怒、嫉妒、憎恨等负面情绪时，精神层面并不接受这类情绪，因此我们会感到失望。我们希望自己的价值观驱使情绪，但它们不是这么运作的，情绪仅仅就是情绪。

　　杰美在外的生活也不是我所熟悉的了。她搬到了另一个州，和伴侣的关系也结束了。回顾过去，她发现失去贝利成了一系列转变的开始。

　　我也在想，或许她失去她的猫，碰巧触动了一个不易察觉的真相，一个需要好几年的时间才能完全看清的真相。或许她的恋情早该平静地结束。或许，她那难以言明的悲伤是在悼念贝利之外的，无法拯救的事物，而她潜意识里清楚这一点。这些东西或许会愈加明了，但并不意味着我们想要知道——还未到时候。或许失去贝利只是一个开端，是为更大的失去作准备：爱、家庭，以及变化的未来。或许，她的茫然无助与无的放矢的愤怒，是为将要到来的不可避免之事的热身。或许，失去贝利预示了太多的问题，而灵魂无法一次性地承受所有。

杰美很喜欢她的新工作，乡村的宁静生活有助于平衡她忙乱的节奏。现在，她非常满意。有一个东方的寓言，讲述了一家人的猫消失了。

客人说："运气真差。"

年轻的心理治疗师问："你感觉怎么样？"

年长的心理治疗师说："走着瞧吧。"

Wie heeft Sam gezien?

Sam is een klein maar stevig katertje met een dik tijgerachtig
vachtje en een plat rond koppie en hij woont op de
Egelantiersgracht   (TEL 555 5555 OF 555555)
struint vaak door de binnentuinen van dit blok. Hij woont hier
sinds november en heeft een groenig bandje om met kokertje
met naam (en wellicht oude adres er in vermeld). Kijkt u aub
even in uw tuinhuis/hok of hij zich daar per ongeluk heeft
laten opsluiten.

Wij hopen hem gauw weer terug te zien, dus als u iets weet
bel dan aub.

第十八只猫　阿姆斯特丹的山姆

我飞往阿姆斯特丹是为了甩开情绪，事实证明，真的起效了。然后我一路骑行，遇到了一个相信未来的男人。不是因为他能预见未来，而是因为他想再度拥有爱。

谁看见山姆了？
他是一只苗条的虎斑猫，头扁而圆，
住在阿姆斯特丹的乔达安。
他在这栋楼的院外活动。
十一月一号，他才跟着我们搬家入住。他戴着一个绿色项圈，上面系有他的信息牌，但写的是老住址。
请检查你的仓库、屋子，以及花园，以防万一他被锁在了里面。
我们期待与他相见。如果你有任何消息，请联系我们。

"没有故事可说。"他说。
我又读了一遍启事。我对荷兰语的理解贫乏，但这上面似乎充满了细节，每一行都有一个小故事，它们暗示着情节的跌宕起伏，但还没有到最紧张的部分。我又看了一遍，这次用了更长的时间。我没法分清他眼睛的颜色，是蓝或灰，或许讲故事的人并不想叙述，或许他想保留一切的经过。艰难的真相往往需要时间去分辨、去接受。情绪是杂乱无序的，这是我职业存在的基础。我在阿姆斯特丹的度假目的很纯粹，只为逃离一段难以解释的忧郁。我甚至没法指出它的源头，只是那种熟悉的、心神不宁的感觉又来了。没有一件经手的事让我满意。当我的朋友安娜和她的丈夫邀请我加入他们的假期时，我终于有了兴致。卡莉丝刚换了新工作，所以我成了那个不带舞伴出门的家伙。

正当我们骑过约旦区时，我发现有一面窗户上贴着寻猫启事。约旦区拥有童话故事般的街景，看上去就像最典型的阿姆斯特丹明信片。在运河两旁，狭窄的街道平行相对，一条狭小的自行车道，红砖铺就的人行道紧靠着一排建筑，屋顶上有显眼的边条。树成了衡量运河长度的标记，数百条船屋在水上穿梭。

我的母亲一定会喜欢这个童话故事般的场景。在我还是一名年轻的旅行者时，她相当热切地说："务必每天寄给我一张明信片。"在某段时间，找新的明信片这件事让我愤愤不平。我觉得这都是小事，那种简单至极，我不屑为所爱之人去做的小事。

我看见山姆的启事时，天空是灰色的。早些时候，阳光灿烂，我还见过好几张荷兰语的启事，但如今细雨朦胧，小到难以让人察觉的地步，只是在你的脸上、手上笼罩了一层薄薄的雾气。这是一个你低着下巴、埋头骑车的日子，跟游客通常选择的步行相比快一些。根据我在异国必然出事的惯例，要么会扭到脖子，要么是地上的水坑太多，结果——我碰巧往右手边一望。在那里，我看见了一张寻猫启事，挂在某个人家的窗户外面。

尽管荷兰人相当友善，但他们并不喜欢情绪外露。这位主人一定承受了很大的痛苦，失去家庭成员，仍旧坚持不懈地寻找着。阿姆斯特丹的大部分居民都精通英语，我想我不需要翻译。在他家的门前，我介绍了自己。托里克歪着他结实的圆脑袋，反问说："你是谁？"他穿着皱巴巴的短袖 T 恤和牛仔裤，看上去警惕而有礼貌。他们已经寻找了两个月，但仍旧不愿相信这个事实，山姆怎么会打破自己的常规？

"以山姆的能力，他只能往几个方向走。"托里克表示，用中长度的词组说着英语。他指的其实是运河，17 世纪时，坚实的地面和空地成了稀缺资源，阿姆斯特丹的建筑一栋贴着一栋。如此一来，山姆就不可能潜入小巷了，因为根本就没有。

"我们知道他没有掉下去，"他说着，目光越过我的肩膀，看向运河。"山姆一辈子都住在它的隔壁。"

运河两边生活着很多宠物，大概有两千多艘船屋临时或是永久地停靠在阿姆斯特丹。猫和狗早就学会了在运河附近通行，就像他们适应任何特定环境那样。有一艘船屋相当有趣：猫咪船，仅有的两艘流浪猫的收容船，她的姐妹刚被拖上岸维修去了。这似乎是那种你走近一看，就能发现一群毛球簇拥着打盹儿的地方。

托里克考虑过其他可能。"如果他被车撞了，我们肯定会得到消息，因为山姆有信息牌，而这是一个很小的社区，总会有人知道的。"他摸了摸自己剃得短短的头发。

到目前为止，他去掉遭遇车祸、掉落运河以及小巷逃跑的可能性。同时确信，山姆不是自愿消失的。"这不是他的性子。"托里克说，他或许指明了山姆的主要特质，同时阐明了荷兰猫大致的天性。在芬芳的阿姆斯特丹，这里的猫和大洋另一端的美国猫完全不同，他们更加文明，不会让主人置身地狱，他们太善良了。我是怎么知道的？在荷兰人眼中，失踪不是因为犯错。阿姆斯特丹的猫不会逃跑、越狱、开溜、逃窜、躲藏，或者像冲出地狱的蝙蝠那样出发。他们只会走着离开。这是很流行的表达方式，在日常对话与印刷品中都很常见。

（"天空缓步离开了红灯区。""马戏团走出了罗格斯登街。""老虎也走了过去。"）

托里克结合一系列数据，得出了一个假说，这里有一处秘密花园。不论是新房子还是老住址，山姆都有自己的日程安排。日间时分，他会从前门走出去，或者在屋后小小的花园里玩耍。到了夜晚，他会等在家门口，直到有人放他进来，然后在家中过夜。山姆失踪的那天，他就在花园里玩。"我们回家时，山姆就不见了，"托里克说，"第二天，我们做了些启事。"公寓后面，一组石墙围住了花园的三个面，隔出了公寓群里不同的花园。这面墙抬手可及，有着类似屋顶的结构。山姆可以跳到上面，沿着墙前行，或者直接跳到屋檐，但就算他闯入了别人的花园，除非有一位邻居邀请他进屋，打开前门为其放行，否则不可能走到大街上。没有邻居表示看见过猫。而猫的选择很少，要么翻过墙溜进别人的花园，要么回家。

山姆的故事遵循着熟悉的模式，一只猫失踪了，没有留下半点线索。与此同时，我有一种奇怪的感觉，迫使我回放起猫失踪后的绝望。对托里克，我有了一些别的感受。他将寻找山姆的启事挂在了自己的屋外，他家中的一员走丢了。

"山姆可能在墙上发现了一个洞，"他说，"就算是，他怎么不爬回来呢？他可能被卡住了。"他想要耸肩，但意识到这有些不礼貌，继而作罢了。

"感觉像是失去了一个孩子。"

我和客人有过一言不发的时候，安静就是治疗本身。让他们远离社会的纷扰，慢慢呼吸。我成了一名见证人，在这种时刻，陪伴是我最好的选择。无须评价、建议，或是洞察，懂得何时闭口不言很有意义。

对于托里克和他的女朋友，我表达同情的方式是走到自行车旁边。然而他突然说道："我们觉得有人在偷猫。"他的目光刺向云层。

"邻居告诉我的。"

"什么时候的事？"

"几周前。"

"为什么？"我问，"谁想要偷猫？"

"我们认为他偷了猫，然后将他们卖掉了。"托里克说。

"我的邻居说，在过去的两个月有五只猫、一只狗失踪了。你瞧，山姆是一只英国短毛猫，很值钱，很特别。"

"那你觉得不止一个人在干这事？"

"但也有可能是个怪胎，"他说，"他这么干很缺德。正常人发现猫后，都会送到官方机构。他们有一个机器检测猫身上的芯片。我们的猫都是注册过的，无论山姆是死是活，都能被辨认出来。所以我们认为他被偷走了，对方还是个怪胎，将猫关在了屋里。"

在治疗中，客人往往在最后几分钟才会吐露自己内心最大的恐惧。时间限制带来的压力，以及马上就能逃走的认知，鼓励着他说出不愿面对的情感和想法，并存放在我这儿。作为代理人，我会为他们管理。我经常想，如果我将疗程缩短，比方说只有十分钟，在九分钟内我就能听完一个烦恼的人原本一小时才能吐露出的心声。托里克终于承认他不愿去想的事了。

"当我停在你们家的门口，你会觉得我不怀好意吗？"

"我们不认识你，"他说，"而你读完启事后，没有走开，你只是站在那儿。"

托里克最初的叙述是"什么故事也没有"，但实际上，他要说的故事太多太多。这张寻猫启事讲述了一个为时两个月的故事，而邻居告诉了托里克另一个故事，一个恐怖故事。随机事件只绕着自己的轴心转动，没有山姆，生活继续书写着永不中断的故事。

我盯着托里克的脚步，另一个故事正磨蹭着他的小腿。山姆的兄弟，马克思也来见客人了。他脑袋的形状和山姆类似，仅仅是毛色不同。他也是一只英国短毛猫，通体银色，只有毛尖如同沾染了墨水似的，显露出点点斑纹。这对情侣对猫的防护措施比以前多了很多。没有他们的陪伴，马克思就不能去室外。不过他一直很胆小，他们说，到目前为止一切安好。

在倾听时作出的反应，对讲述者和聆听者都有相同的影响。困惑、创伤、痛苦、转变的思维让故事开始，但在某一刻，讲述者的精神状态会有所变化。那些过去的事不再遮天蔽日，而倾听者也清楚，讲故事的那个人最终会安然无恙。

托里克宠溺地看着马克思，一面弯下身抚摸着他。然后他开口了，我听见未来渗透的声音："我们想为他找个弟弟。"他告诉我，但不是现在，他们还需要更多的时间。

我们互相告别，我和安娜冒着雨，跑进了一家咖啡厅。我喝了一大杯热可可，感觉棒极了。我身处美丽的阿姆斯特丹，享用芝士三明治，隔着窗户，看着一座小桥横跨在运河上。我甚至不想离开这个惬意之城。托里克让我感同身受，他评估了其中的风险，同时作好了再度去爱的准备。在我心中，那个五岁的孩子大概想问："你曾经拥有的那些爱呢？当你不愿感受时，它们往哪儿去了？"我想变一个魔术作为回答："爱永不丢失。"

或许，你所有的爱会跑进一个特殊的盒子里，外面标注着你的名字。当你掀开盖子时，它们都在原处等你。托里克似乎已经想好了未来，在那里，他的悲伤已然凋零，而他会再度去爱。他让我印象深刻，于我而言，这样简单的悲伤堪称罕见。失去所爱，哀悼者并不会止于悲痛，他们开始自我惩罚："都是我的错。""我应该去拜访。""我们最后一次说话……"或者"我理应做得更多"。

我喜欢托里克照顾自己的方式，失去并非是不再去爱的理由。尊重失去，让时间载着它，或者任何人离开过去。我真想将托里克的信念四处散播，传递给所有人。

SQUEEZER
IS
LOST!

When the weather is nice he stays on the porch but yesterday afternoon, for some reason, he disappeared. He might be sick.

If you have any information, please stop by our cabin.

Thank you very much.

Ashley and family

第十九只猫　榨汁机

　　回纽约的飞机在颠簸中着陆。我一路疾驰赶回家中，打开空无一人的公寓。卡莉丝还在上班，我漫不经心地取出了所有的垃圾信件，又打开电脑，目光扫过未读邮件的标题。删除，还是删除。"猫走失的故事。"什么？我盯着寄件人的地址，那是我许久未联系的一位朋友，爱舍莉·谢尔比，几年前从纽约搬到了明尼阿波利斯。我最近还不时地想起她，这可真够匪夷所思的。她是一名出色的写手，我点开文件阅读了起来。

亲爱的南茜：

　　近况如何？我希望你在西岸过得不错，我想念那些日子。我有一个猫走失的故事要告诉你。这一回轮到我了，整个事件让我沮丧不安。我努力面对着，但还是想同你倾诉一番，你会理解吧？

　　我家的猫已养了快十二年。在十三岁时，我有偿领养了一只两岁的虎斑猫。她立刻成为我的猫，我们管她叫榨汁机。在我上大学离家后，她完完全全成了我父母的朋友，或者说她就是为此而生的。

又过了几年，我母亲已经离不开她了，毫不夸张地说，她成了我母亲最好的朋友。随着年纪的增长，猫的性格也古怪起来，她开始啃咬自己的毛。我带她去看了好几次兽医，做了各种检查，也没能减轻这些症状。她应该没有什么可焦虑的，除了每周四晚被强制观看《舞魅天下》，但当我带着十六个月大的儿子去拜访祖父祖母时，榨汁机愈发焦虑不安了。

过去的一周仿佛按下了快进键。母亲在伊萨卡帮助我的姐姐打包行李，以便搬往曼哈顿，我的父亲则带着猫和狗，跑到自家小木屋去居住。这是标准流程，和往常一样，我父亲让榨汁机出门溜达，享受一会儿星期六下午四点的新鲜空气。一个小时过去后，他开始担心了。在接下来的两天里，他一直在找她，呼唤她的名字。过去，她总会回应。我们家的小屋坐落在湖畔，湖对面有一所房子，隔着路还有一座农场。

我的父亲最终放弃了，因为工作，他必须回到特温城的家。我的母亲从伊萨卡回来后，便径直赶往湖边小屋。然而两天的搜索毫无进展，她心碎了，只能选择回家。榨汁机已经很老了，身体虚弱，我没法想象她会闲逛太远。我的母亲翻找了整个湖的西面，向人们询问榨汁机的消息，但没人见过她，动物收容所也没有她的踪迹。我在网上刊登了寻猫广告，但没人点开看。那些在我脑子里盘旋的念头糟糕至极。她能去什么地方？

她已经很老了——差不多十九岁——但她并没有表现出任何病情恶化的迹象。我更情愿相信，她是因为清楚自己时日无多，到别的地方去了。为了不被发现，蜷缩着身体，然后离开这个世界。然而我又觉得，她可能被什么东西叼走了，这个想法让我产生了生理性的反胃。在我们房子的四周没有熊和不友好的狗，难道是一只狐狸干的？

在我所有的胡思乱想中，还有一个最可怕的念头，她一反常态地晃悠到大豆田里，被农夫的陷阱卡住了。这足以解释她还未被发现的原因。那个周末，农夫是否离开了田地我并不清楚，但显而易见，这些想法在我脑海里挥之不去。

这真的太难了，我想起了你说过的故事，愈发地尊重那些失去宠物的人，并且感同身受。我不知该如何放下，只要一想到她独自伫立在那片黑暗之中，我就忍不住想哭。

无论如何，感谢你看完这通发泄之辞。我希望你和你爱的家伙（无论是毛茸茸的，还是无毛的）都过得不错。我附带了一张榨汁机和我儿子哈德逊的照片，摄于去年圣诞节。

谢谢你的聆听，致以我最美好的愿望。

爱舍莉

她究竟想象过多少种榨汁机的死亡方式？被农场机器碾压、溺水，甚至被野生动物吃掉？而这些想法注定会带来痛苦，我立刻写下了回信。

亲爱的爱舍莉：

关于失踪的猫，我知之甚详，大多始于猫主人。在他们偏执的想象里，所有的主人都会勾画出可能发生的最糟状况，然后怪罪自己，仅仅是因为他们没有预知到事情的发生。寻找的时间越长，你的脑子里就会充满越多的想象，你可以彩排这样一个未来，你能寻回猫补救一切。借着想象，便可推开那些无助感，这是属于大脑的有效能力。宠物是一位家庭成员，当家庭成员离开家门，行踪不明是足以钻心刺骨的。一件事物尚未有最终定论，又如何哀悼它的终结？

大部分猫在迷路时都不会走太远。一些研究显示，室内猫即便溜走，也只会待在离家几户房子的范围内。恐惧压制了他们生存的本能。新的气味，他们自己的毛发，甚至包括自己留下的记号，都在传递一个信息，他们处于一块新领地。由此，这个地方就成了他们的新家。颇具悲剧意味的是，他们不再对主人的声音有所回应。当他们躲藏起来时，本能也会告诉他们不要有任何反应。榨汁机已经十九岁了，对猫而言，已是很罕见的高寿。

　　无论我们有多么喜欢自己的猫，实际上我们都低估了猫的能力，本能会告知他们死亡的迫近。当他们老了，他们会离开，会赴死，形单影只。榨汁机没有被农场的机械吞没，也没有溺水，更没有在门廊前被鹰掳走。她改变了习惯，就像猫在生病或者虚弱时会做的那样。没有停留在小屋门口就是一种变化，如果榨汁机还在家里，你可能会发现她待在某个完全陌生的地方。

　　惊吓、失去、负罪感的野蛮生长，噩梦般的场景浮现。想象黑夜和寒冷是我们的反应，猫能在黑暗中视物，而我们不能。我所有的猫，只要他们愿意，都能在暴风雪天气出门，而我们不能。我们想象着自己与家人分开的反应。如果我们在森林里迷路，到了夜晚，会觉得恐慌，甚至认为自己被抛弃了。其实是你在想念榨汁机，但她既不无助，也没有觉得被抛弃。因此在她生命的倒计时敲响时，你无法保护她，你不用为此惩罚自己。

　　你的家人很在乎榨汁机，在你们眼中，她似乎成了一个易碎的、压力很大且焦虑不已的猫。如果是这样的话，这只能将她婴儿化，你们可没有叫她宝宝！从描述上看，就像你们将婴儿放了门廊前一样，成了一宗犯罪现场调查的故事。

　　别想了，榨汁机很老了。她在树林里死亡，这并没有什么大不了的。如果可以，她会在离开前说："我去外面抽支烟，另外，别等了。"但她是一只猫，所以只能一头离开门廊。哭泣只是因为你没法再拥有和一只猫多年以来的美好时光了。放上一张照片，感受你有多爱她，并一直爱下去。

　　非常爱你的

　　南茜

　　我点击发送，不太确定自己做得如何，以情感影响当事人有其局限性。我想当一名炼金术师，不是用来点石成金，而是在我的这个世界里，将恐惧变成慰藉。我永远无法预知什么样的文字对别人有用。一位女士因为多年累积的创伤前来咨询，她告诉了我第二次问诊的原因，"第一次治疗时，"她说，"我站在门口哭，还记得你当时对我说的话吗？"

　　"我真希望自己有牛奶和曲奇，用来招待你。"

　　"是的，那简直太完美了。"

　　爱舍莉在隔日回信了。我的那封信帮助了她，还有她的父母。我身上的讽刺意味仍未消散，如果我的话能让自己走出黑暗，我会成为自己劝告过的最成功的案例。两年过去了，我仍旧没有养猫。

　　我的生日就在下个月，卡莉丝想知道，我是否想开办一场生日宴。我来到书柜前，取出了所有的老相册。我回想起那些我经历过的最棒的宴会，我认识半数以上的参加者，有邻居、大学同学，还有偶然到来的客人，从我的生命中川流而过。但我最在乎的那些人，那些我爱的人，往往都不在照片里，我们相隔太远了。

　　我想要做持久一些的事，我想到新的地方旅游，创造一些足以启发我人生的经历。该去哪儿呢？我走进浴室，离浴帘仅有一步之遥。那是一张海蓝色的世界地图，是塑料制成的。我将支付能力、时间、语言因素带入考量，当然，阳光也是必要的因素。这一切并不需要太长的时间来决定。我滑动电脑屏幕，开始输入：国际航空。

Snoopy

Me llamo Snoopy. Soy muy manso, tengo buen carácter i me llevo bien con otros animales.
Mi pelaje es de un bonito color rubio i tengo unos expresivos ojos verdes.
Tengo diez años y como ya no soy un bebé respetaré todas tus cosas.
Estoy triste porque me he quedado sólo y me gustaría estar contigo para hacerte compañía.

第二十只猫　史努比

　　火车离开巴塞罗那后，继续行驶了一个小时，就能看见一座小小的中世纪城镇倚靠着地中海式的山坡。锡切斯狭窄的斜坡、蜿蜒的街道，以及针箍大小的商铺依海而立。我到达的那天，天空有着让人无法抵御的蓝，空气中交替着西班牙语、德语、法语以及意大利语。我待在一间开放式的小咖啡厅里，所有的房间都朝南，阳光如此灿烂，以至于把所有的建筑都粉刷成了白色，人们拉下百叶窗以遮挡中午时分的酷热。我啜饮着一杯柠檬水，望向山坡。我的母亲会喜欢这儿，她总想要一所面朝大海的房子。在良久的思索后，我琢磨出她会喜欢的夏日小屋，又点了几份塔帕斯 [1]。关于史努比的启事就放在桌上。今早，我在一间小小的杂货店前见过它，我试着推门进去，但门关着。我后退了一步，就看见了第二个指示牌——商店在周一前不会营业。但距离周一还有四天，那时我已经返回纽约了。这是我在西班牙见到的唯一一

---

[1] 塔帕斯，在西班牙饮食文化中指正餐前作为前菜食用的各种小吃。

张寻猫启事。我拿起手机拍照，假装自己是一个在艰难环境中取景的新闻工作者，或许我能曝光一张不错的照片。走过几栋屋子，我又发现了关于史努比的第二张启事，就在一家宠物店的窗户上。竭力拾起我念高中时学过的西班牙语，我问收营员是否能照张相。她认为史努比是我的猫。

"不，"我试着解释，"史努比不是我的猫，我想要照片的复印件。"我的西班牙语还算过得去，但收营员吓坏了，我这个要求毫无先例，她必须先咨询经理的意见。我能明天再来吗？

启事上丰富的信息给了我一个想法。史努比的主人显然很注重细节，我的意思是，他们很有想法。他们一定把启事放在了别的地方。在路边，我询问了一个男人"为狗和猫治病的医生"在哪儿。他指了指方向说："往右走。"

在兽医的等待室，史努比的启事和另外两份启事一起钉在告示板上。每一张后面都有多余的复印件。一张启事上写着"搜索"，另一张写着"走丢"。我带走了那张写着"搜索"的。照片里的西班牙籍史努比眼神温柔，我不由得露出了微笑，他还在半梦半醒间，似乎在琢磨着何时小憩，而他的脖子眼看就要耷拉下去了。我情不自禁地感到亲近，他是一只橘猫，就像查克，但年纪更小一些。我决定给史努比的家庭打个电话，反正研究当地的电话系统只是时间问题。

我和卡莉丝在海滩上碰面。那是一张宝蓝色的躺椅，上面是配对的大伞，我贴着她坐下。卡莉丝被手里的书吸引了，所以我打开了自己的西班牙词典，开始了史努比故事的翻译工作。那张启事是这样写的："我的名字叫史努比，脾气温和，是个不错的家伙，和其他动物也相处得很好。我有着漂亮的红色毛发、绿色眼睛，我有十岁了。"

翻译得不算生疏。我带着新建立起来的自信环望四周。邻近水边，少年们踢着足球，祖母们裸着上半身享受日光浴。这是我想象中的海边，有美景、宫殿般的酒店、客房服务。每一个人，即使是心理治疗师，都会幻想抛下自己熟悉的日常生活，追求一些异国的美好事物。那么，这一切该如何开始呢？

你如何跑到异国他乡呢？用抽根烟的借口？每个到西班牙的人都有理由。我也必须将事业抛之脑后，暂停所有的业务。我在心中起草了一份给客人的安慰信。主题围绕着敏感话题展开。

亲爱的上午九点时分：

在这个疯狂、复杂的世界，你不一定总能得到你想要的，但你能得到你需要的。你的治疗师需要阳光海岸，并且移身到了欧洲，阻止了我正在进行的治疗工作。

医生向我保证，只要我搬进面朝大海的酒店，我的生命预期就能多出几十年，如果客房服务绝佳，则会更长久。羊肋骨应该在每个周日供应。你知道的，医生很少会给出这么确切的诊断。

如果在地中海的生活是命中注定，那我就无法反抗命运。我只会是它谦逊的遵从者，我的占星术师说，一段上行的运势刚刚展开。木星和火星马上就要进入我的九宫相位。当然了，你的幸福对我也至关重要。这也是为什么，我会仔细复查你的记录。从我专业的角度，你应该继续你的治疗，只是不向我展开。在你的内部交易被指控，豪宅被抵押去做杠杆交易后，我会密切关注你的不良资产，以及遵循你的本意。对你不值一文的股票投资表示深切的歉意。这是新世界的秩序，而这使我精神焕发。你也会的。

我只是想让你抬头看。

南茜博士

备注：我会带上咖啡和告别蛋糕。

　　第一段翻译得不算低劣，但翻译史努比的启事变成了整个下午的要务。词组带来的挑战越来越大，而我的口袋词典着实有限。好在我还是抓住了要点，史努比有食管和呼吸道的问题。现在我开始担心了，史努比病弱，同时还失踪了。

　　我需要一点时间，所以我出门散步了。就在我回来的路上，看见一只橘色的猫坐在台阶的最底下。他冲着我喵喵直叫。跟史努比一样，他让我想起了查克。他亲切友好地磨蹭着我的小腿。刚开始，我有些犹豫，但没过多久我的手就放到他的下巴上。我遇见了他的主人，侨居在锡切斯的美国夫妇，在这儿居住了将近二十年。他们住在我的欧洲之梦里。我向他们展示了我的寻猫启事——他们大概能帮我找到史努比的主人，至少能看懂他的疾病。

　　"史努比出什么问题了？"我问。

　　妻子接过启事，两人一起读了起来，场面一度安静下来。然后，他们相互对望，露出了微笑。我没有笑。他们挑了一个西班牙语的句子，翻译成英语。我一直觉得自己的工作值得尊敬，直到她说："史努比不会动你的东西。"

　　"那和失踪有什么关系？"我问，我觉得自己习惯了主人高深的描述。这对夫妻冲我笑了起来，"他很适合陪伴在人左右。"

　　一只失踪的猫需要陪伴？然后我就回味过来了。史努比没有走丢，也没有生病，更没有失踪。我"捏造"了一张寻猫启事，是她的主人正在为他找一个温馨的家。

　　我信心不足地看着这对夫妇，他们又露出一个微笑。交谈片刻后，我慢悠悠地走回沙滩。我想给自己做个诊断。西班牙语恰好及格也算是决定性因素。"搜索"这个词欺骗了我——史努比跟其他失踪的猫摆在一块儿，这都是幻想吗？未必。史努比是一只猫，而我只是看见一张启事里的猫。闹铃会更准确些，是时候停止收集启事了。我重新走回伞下，将毛巾铺在沙滩上坐下，看着卡莉丝双手抓着《魔戒》，迷失于中土世界。我滑下身体，背靠沙滩望着天空。我为何还在收集呢？我最初的疑问，那个鞭策着我探索下去的问题，很久以前就有了答案。

寻猫启事能帮助找回一只猫吗？答案是肯定的。

其他主人也接到过陌生人的慰问电话吗？半数与我聊天的人都说有。搜索期间，走失猫的主人自嘲过吗？根据我不算准确的研究，我得说大部分人都有悲喜交加的时刻。人的个性与气质影响猫的搜索吗？显然会。

在没有外援的情况下，多少只猫重返家中？至少有三分之一。

如何达成大团圆结局？只有主人自己能决定。

你可能找到你的猫，但失去了对他人的信心，或者你失去了你的猫，发现了自己的信念。

是时候停止了，但研究寻猫启事已成了我的第二种天性。吸烟者有尼古丁贴片，酗酒者有互助会。而我，也需要贴片和互助会。

我还需要打个盹儿。

我戴上了太阳眼镜，进入了梦乡。

当我醒来时，映入眼帘的是汪洋大海。经过七年的寻猫启事搜索，似乎是时候放弃这段旅程了，尽管我仍旧不由自主地插手。一段回忆辗转而来，在我年幼时，我会选择一片海浪，跟随着它闪闪发光的弧线，寻找它冲刷沙滩时最美丽的瞬间，那一刻，它们不再流动，也未曾退去。那时候，我还不知道有一个词叫"触不可及"，但我明白那种感受。如今我也这么觉得，我在过去与未来的分界线上。我走到海水与沙滩的边界，看着滚滚的潮水，海鸟站在海水的低洼处。再往后，太阳的一束束光线照耀着海滩，而海浪起伏，弄皱了水与岸的边界。我能感觉到白日的热气，以及一丝越来越近的晚风。我感受得到宏大的生命之力正与我联系在一起。

我想到了生命之力所赋予我的惊人的动力和渴望，与此同时，还有那些艰难险阻。我渴望大量的经历，四处寻找，它们分布在旅途、关系、冒险、学习、运动、哲学、信仰和人群中。在我年轻时，我会因为一段经历的结束闷闷不乐，而我并不理解原因。说到底，我喜欢新颖变化的事物。我怎么就不能好好生活呢？我会留下这本书的最后一页，因为我还不想放下那些经历。

二十岁那年，我在回程的航班上读过一本旅游杂志，其中提到了一个法语词组"忧伤的旅途"。意识到我的一部分反应是世人普遍存在的，我就觉得没那么孤单了。我们永远不可能以同一种方式重逢。变化与失去是不可避免的，变化让每一个人遭受苦难。我想，我再也不会像过去那样感受到剧烈的悲伤，我想我会对自己更加宽容。

意识到失去的普遍性，帮助我推开了与社会的疏离感，它们熊熊燃烧，蔓延到我年轻时代的内心，那个时候的我，正坐在图书馆的地板上啜泣。最后，一扇通往公正的大门向我的人性敞开，我是一个感到耻辱、愧疚的个体，我也是生命的旅行者，就和其他人一样。

"我知道，因为查克的死，你一直自责。"我听见卡莉丝走到我身后，史努比的启事就在她手里。我能感觉到，她绿色的眼睛正注视着我。是时候了，双足被细沙掩盖后，我感到一种对悲伤的慰藉。一时间，想同她大声倾诉的念头都被抑制住了。在纽约和家中往返，我让他成了一个不方便的存在，或许他也感觉到了。我让他孤独度日，这最终导致了他的死亡。我没有保护好他。我内心深处，那个女孩模样的幽魂相信，我还不够爱查克。

"听我说，"她说，尽管脸上的微笑颇为勉强，但目光坚定，"已经过去很久了，就算是查克也原谅你了。"我的眼睛湿润了。这是完全合适的评语，因为这就是真相。查克原谅我了。已经过去很久了。

在随后的几天，我想起我如今的失落与自责。我非常轻易地为它们感到羞愧，但我也记得那个自诩已经凤凰涅槃的女孩，她学会了如何从失去、变化、痛苦中复活。我的事业，来自我生命的呼唤，让我理解了别人的恢复能力，同时帮助他们更好地自愈。我是这样看待这份工作的：我教导客人如何去面对那些看似无法忍受的东西，告诉他们如何迎接终将到来的失去。尽管爱本身就是失去与找到中的一环，生活就是一系列的来来往往，在这一过程中，我们试着去爱护、陪伴我们所爱。

我们有很多的悲伤与渴望，归根溯源，是出于不自信的感受，以及无法掌控未来生活的遗憾。我不明白我们为何会遭受这样的痛苦，但我明白，我们可以弥补其中的一部分。在生活中，有些时候你得到的很少，需要的却很多。面对逆境，你可以用大部分的东西去抵抗：智慧、性格、荣誉、怜悯、信念、梦想、直觉、想象、幽默、记忆以及动物。

几年前，一位在童年时期遭受过虐待的客人来我这儿治疗，我们刚认识不久，她坐在长椅上，当她觉得口拙时，就会自扇耳光。"别打了。"我对她说，然后她停了下来，仍旧一言未发，眼神呆滞而失落。几分钟后，我决定随便聊聊，这样最适合。"你有宠物吗？"

莫妮卡微笑道："两只猫。"

"他们叫什么名字？"

"斯特布尔和朱妮。[2]"她说。我的眼睛湿润了，觉得之前的诊断发生了天翻地覆的变化。稳定是她渴望的生活状态，而治疗会是那场旅程。四年后，莫妮卡稳定了下来，同时光彩照人。她领养了第三只猫。

"莎琳[3]。"

我忍俊不禁。这是希伯来语，但她并不是犹太人。莎琳象征着"平静与再见"。我们的旅途正式结束了。

---

2 斯特布尔和朱妮，既是名字，也是名词，分别代表着稳定和旅途。
3 莎琳是名字，也有您好的意思。

很多人问过我："你是怎么聆听人们的问题呢？"我母亲想知道："那会抑郁吗？"当我被其他人发现在收集寻猫启事时，也听到过类似的问题："会不会很难过？"

不，我不会。我很好奇，人们是如何行驶于生命中的崎岖小道的。我发现其中充满了惊喜，我喜欢听到人们足智多谋的故事，我对那些创造力和决策力钦佩不已。那是旅途中的重要因素，但恢复需要勇气和创造力。有时候，扛过痛苦还需要修建屏障，不再感受到它们。而有时候，人们就停留在原地，很长一段时间驻足不前。愤怒，也是一样的。我很同情与内心的恶魔相抗衡的客人。我一直想知道，面对生活中的难题，人们是如何创造办法，将之克服的。

寻找走失的猫就像是即兴创作。一场灾难迫使我们进入未知领域，为了自己的宠物，人们愿意做的事触动我。但当宠物从此离开，我也难以释怀。我喜欢那些面对灾难继而恢复的故事，我希望所有人都能找回宠物，但如果没有，他们陷入悲痛之中，我也想同他们说说话。我喜欢猫主间的亚文化，这让我感觉没那么孤独。即使我因为自己的生活而闷闷不乐，也不会因为别人的痛苦而忧伤。我只想帮他们一把。

我也曾思考过，在众多的寻猫启事里，我究竟学到了什么。就像那些为答案远征的探索者，我意识到我有所转变。在我眼中，世界已不同于往日。寻猫启事于我而言，有了一种象征意义。它们见证了世事无常，让我们懂得了如何面对不可避免的变化，如何面对时间，而爱并不能保护我们。还记得霍莉与艾克尔斯的故事吗？到最后，我终于明白了它超越情感的部分。她的故事就是一场失与得的轮回，这就是生命本身。"失去与找到"，这个主题充满于万事万物之中，充满于一切我们在生命中认为有意义的存在。我更加在乎语言的使用，关注描述重要之物的方式，我们以最简单的语言表达了全部。

　　"我失去了信心。""失去了我的自尊。""失去了我的健康、工作、家庭。""失去了毕生的存款。""失去了我的孩子。""失去了我的纯真。""失去了我的节制。""失去了重要的目标。""失去了自我。""因为癌症,失去了最要好的朋友/母亲/兄弟/丈夫。""生活失去了全部的意义。""我失去了体重。""没有了兴趣。""我失去了我的财产、钱包和钥匙。""我还失去了我的猫。"

　　"我找到了自己。""找到了自己的声音。""找到了上帝。""找到了宁静。""找到了我的内心和灵魂。""最终找到了勇气。""我发现了爱自己的方式。""找到了毕生所爱。""找到了信仰。""找到了我一生的追求。""找到了我的身份。""找到了社团。""找到了宽恕。""终于找到我一直想要的东西。""我找到了勇气。""我找到了自己的激情。""我找到了我的猫。"

　　以及我最喜欢的。

　　"我再一次找到了我的路。"

让一切开始的，我的猫，查克

后记

感谢爱舍莉·谢尔比·贝尼特斯，我所知的最体贴的人之一，无条件地相信我，无私地指导我成为一名作家。没有她的帮助、经验，以及专业技能，我可能没法完成这本书。

我要向所有鼓励我的作者致以感谢，尤其是在最初的阶段，谢谢你们，谢谢杰克·希特、唐尼·罗素教授、我文思敏捷的弟弟杰夫·戴维森，以及在火车上认识的女士乔安娜·贝米勒。

我感觉自己是被赐福过的，才能拥有这么多的支持。卡莉丝·伍德，谢谢你狡黠的玩笑话和充满艺术气息的品位。

在纽黑文，我想要感谢这些伙伴多年来的支持，感谢让我享用周日晚餐的迷迭香酒馆和朱迪斯餐厅，感谢玛丽莲·奥卡罗、露露咖啡厅、彼得·彼得、毛茸茸的吉尔·赞佩利、大狐狸亚当、忠诚而骨感的米德尔顿，以及我们所有的冒险。

在纽约，我格外鸣谢我的代理，作家之屋的史蒂芬·巴尔。他将我从烂泥般的手稿中拯救出来，同时承担了风险。他非常耐心，同时充满执行力，使我未经打磨的手稿焕发光彩。我欠他良多。我同时真挚地感谢布伦达·柯普兰，我在圣马丁出版社的编辑，她极富经验和责任心，有着源源不断的幽默感，还有她的两只爱猫：艾德娜和大力士。

谢谢萝拉·蔡森，作为明星一样的存在。为美术组喝彩！我要感谢非常可爱的伊丽莎白·卡罗尔多年来极具创意的指导和永不停歇的热情，更多的感谢要给凯特琳·洛夫乔伊的改编意见。

在洛杉矶，我发自内心地感谢我慷慨杰出的三年级朋友，艾美奖的获得者杰米·L.史密斯，我要感谢她的游泳池，还有西岸的猫咪。

我感激生命本身，以及我们所拥有的无尽的第二次机会。

猫走失的时候你应该怎么做

1. 搜索新老据点。先从你家里开始。猫都有躲在家中的习惯，所以，检查那些奇怪的角落、凹陷以及裂缝。猫科动物喜欢躲在家具底下，尤其是床底，其次是壁橱、盒子，以及衣柜的顶端。不止一只猫在烘干机里被发现，甚至有时是在折叠椅里。

2. 将食物随意地摆放在室内室外。用猫最喜爱的食物当诱饵，一只失踪的猫会奇迹般地重现。

3. 在社区周边搜索。猫具有领地意识，你的猫很有可能就在附近。当他们离开通常的活动范围，他们会寻找安全的地点，比如工具房、垃圾箱。还可以进一步寻找可能的藏身点，比如汽车下、门廊下、灌木丛中。带上一支手电筒，带上食物诱饵，摇晃食物器皿，引起猫的注意。

4. 向朋友和邻居寻求帮助。寻找一只走失的猫是一项孤独的工作，如果有人陪伴你会开展得愉快一些，而且会多一双眼睛帮你寻找，哪怕只有半个小时。

5. 呼唤猫的名字，让你的声音保持激昂。你可能被吓坏了，其实你的猫也是。保持乐观。

6. 制作至少50张寻猫启事。

用鲜亮的色彩和照片。

如果无法彩色印刷，就用彩色卡纸。

聚焦猫的面部。一张近照会更加引人注目。

标题要强而有力，比起"寻猫启事"这种简单描述，更应该使用"失踪的虎斑猫"，或者"失踪的三花猫"，或者"小棉袄失踪了"等。

选用醒目夸张的字体引起注意。

将启事粘贴在面对有来车的方向。

注意描述细节。例如猫的名字，最后一次看见他的日期、地点和时间。

不要忘记留下联系方式，最好是电话号码。

将启事贴在社区的电线杆上，尤其是车水马龙的十字路口。这样，就能在红灯时引起车上的人注意。

将启事贴在超市外面的公告栏里。

把启事放在街坊邻居的邮箱里，如果他们不在家的话。

把启事放置在收容站、兽医办公室、宠物店等那些曾找回过走失猫咪的人会注意到的地方。

使用传媒途径：发布在网络上有可能会获得更多的人点击和关注。

7. 如果你的猫走失超过 24 小时，就必须扩大搜索半径。

8. 联系你所属地的警察局，以防有人申报发现了一只猫。

9. 在当地报纸上刊登广告，注意查看走失宠物的栏目。

10. 反复前往动物收容所。

最好当面确认，因为你不一定能在电话中收到准确信息。你或许觉得西门是一只燕尾服花纹的猫，但打电话的人会认为西门是一只奶牛色肥猫。

总有新宠物进入收容所，而工作人员一天几班倒，频繁地拜访当地的收容所，至少隔天一次。

拜访时，给工作人员一份寻猫启事。

询问近期死亡猫咪的记录。这或许很难受，但最好弄清楚，总好过胡思乱想。

以猫失踪的地方为中心，拜访 80 千米内的所有动物收容站。你的猫可能比你想象中走失得更远。

11. 相信你的直觉!

发现一只猫时你应该怎么做？

1. 如果你发现了一只你认为是走失的猫，首先，在第一现场放置一打"找到"的海报，越引人注目越好。

2. 检查，并且反复检查你的社区周遭有没有人走失了一只猫。

3. 询问警察，有些人可能会上报猫失踪，但一定要确定对方给出了详细的外观描述。

4. 很多宠物主人会在动物体内放置微型芯片。带着猫去兽医门诊部检查芯片，你不会为此付费。

5. 将启事放在兽医办公室、宠物店、收容所以及其他主人会找的地方。

6. 检查当地的网站，你可以试着搜索捡到与失踪的宠物。

7. 联系当地的援助机构，或者宠物收容机构，把猫的详细特征转告他们。

8. 在当地报纸的走失宠物栏目上刊登消息。请保留一部分辨认信息。如果有人致电，并表示他就是宠物的主人，可以随时让他们描述这只猫的其他特征看是否吻合。

9. 永远不要自愿给出信息，或者回答问题。来电者应该提供猫的细节，比如在何时何地失踪。骗子经常用信息"钓鱼"。

图书在版编目（CIP）数据

寻猫启事 /（美）南茜·戴维森（Nancy Davidson）
著；王雨璐译. -- 重庆：重庆大学出版社，2020.7
（鹿鸣心理.心理自助系列）
书名原文：The Secrets of Lost Cats:One Woman,
Twenty Posters, and a New Understanding of Love
ISBN 978-7-5624-8066-2

Ⅰ.①寻… Ⅱ.①南… ②王… Ⅲ.①随笔—作品集
—美国—现代 Ⅳ.①I712.65

中国版本图书馆CIP数据核字（2018）第240678号

寻猫启事

XUNMAO QISHI

[美]南茜·戴维森 著

王雨璐 译

鹿鸣心理策划人：王 斌

责任编辑：敬 京
责任校对：邹 忌
责任印制：赵 晟
装帧设计：何海林

重庆大学出版社出版发行

出版人：饶帮华

社 址：重庆市沙坪坝区大学城西路21号

电 话：(023) 88617190 88617185（中小学）

网 址：http://www.cqup.com.cn

全国新华书店经销

重庆市正前方彩色印刷有限公司印刷

开本：890mm×1240mm 1/32 印张：7.125 字数：186千
2020年7月第1版 2020年7月第1次印刷
ISBN 978-7-5624-8066-2 定价：46.00元

版贸核渝字 (2018) 第 023 号